DANS LA MÊME COLLECTION

Le Roseau philosophe,
textes choisis par Luciano Melis,
préface de Cyril Dion.

Sous le signe du chat,
textes choisis par Luciano Melis,
préface de Macha Méril.

L'Arbre philosophe,
textes choisis par Luciano Melis,
préface de Pierre Rabhi.

Le Jardin philosophe,
textes choisis par Erik Pigani.

L'OCÉAN PHILOSOPHE

DU MÊME AUTEUR

Lino Ventura, avec Laurent Ventura, La Martinière, 2019.

L'Arbre philosophe, anthologie, préface de Pierre Rabhi, Presses du Châtelet, 2017 ; Archipoche, 2021.

André Verdet. Cosmogonies, collectif, Melis éditions, 2015.

Cocteau, Matisse, Picasso. Méditerranéens, collectif, Melis éditions, 2013.

Lucien Clergue. Écritures de lumière, collectif, Melis éditions, 2013.

André Verdet. Au-delà du seul à seul, coécrit avec Françoise Armengaud, Melis éditions, 2013.

Garibaldi mon héros, Melis éditions, 2007 ; 2009.

Jean Orizet, le voyageur de l'entretemps, textes réunis par Luciano Melis, Melis éditions, 2005.

Vague à lames, Poèmes de la mer. Anthologie, ill. Misha, Melis éditions, 2006 ; 2016.

Le Dit du loup, André Verdet, Luciano Melis, texte bil. italien/français, traduit de l'italien par Luciano Melis, ill. Nadine Vivier, Melis éditions, 2005.

L'OCÉAN
PHILOSOPHE

Textes choisis par
Luciano Melis

Préface de
Maud Fontenoy

PRESSES DU CHÂTELET

Notre catalogue est consultable à l'adresse suivante :
www.pressesduchatelet.com

Presses du Châtelet
92, avenue de France
75013 Paris

Contact : serviceclients@lisez.com

ISBN 978-2-3819-5083-9

Préface

J'ai passé plus de temps sur les océans que sur la terre ferme. L'océan m'a toujours fascinée : son souffle, ses râles, son horizon, son ciel parfois sombre, indéchiffrable. J'ai résisté à ses rafales, au froid, à la fatigue, au sel qui vous brûle les yeux. La mer est dans ma tête, dans mon cœur. Il me suffit de fermer les yeux pour percevoir ses grondements. Elle m'a enseigné l'humilité et la persévérance. Cette obstination, je la mets aujourd'hui au service de sa préservation. Nous avons tous besoin du Grand Bleu pour notre survie, il est la clef de voûte de la machinerie qui permet la vie sur Terre.

La barque du pêcheur s'éloigne toujours plus du rivage, laissant la place à des bateaux de plus en plus grands, puis à des navires-usines, qui en un trait de chalut peuvent pêcher autant que l'ensemble des petits bateaux côtiers d'une région au cours d'une année.

La chasse intensive à la baleine, qui connut son apogée au XIXe siècle, a littéralement décimé des populations de cétacés. La pression économique demeure plus forte que jamais. Avec la surpêche, l'être humain continue de piller les eaux poissonneuses de l'océan, détruisant ainsi l'une des plus grandes ressources nourricières.

En offrant ses richesses à l'être humain, l'océan fut hélas trahi par l'action de l'homme. On a longtemps cru que l'océan, la mer, pouvaient être capables d'emmagasiner, de digérer tous les déchets produits et jetés par l'être humain. Depuis la révolution industrielle, l'action désastreuse de l'humain sur l'océan a atteint un seuil critique. Ce géant tire aujourd'hui le signal d'alarme.

Le fléau de la pollution a atteint un paroxysme : « Dix millions de tonnes de déchets sont rejetés à la mer chaque année ! » On asphyxie tout ce qui vit dans nos océans. À terme, si les instances politiques mondiales n'accélèrent pas la mise en place de règles sur la pollution marine, l'être humain s'asphyxiera lui-même. L'océan, qui produit de l'oxygène, est aussi un poumon pour la planète : nous respirons grâce à lui. Le changement climatique fragilise sa santé.

Tout au long de mes traversées, de mes voyages, de mes discussions avec les scientifiques, j'ai hélas pu voir de mes propres yeux les dégâts sur le littoral, les barrières de corail, la quantité de poissons, la diversité des espèces… Il est grand temps de réagir !

Remercions les chercheurs, entrepreneurs, scientifiques… qui consacrent leur vie à la préservation des océans !

Éduquons les nouvelles générations dès le plus jeune âge à la préservation de l'océan, ce géant qui nous fournit chaque jour de quoi respirer, boire, manger ou encore nous soigner. Étant de nature optimiste et croyant en la capacité de l'être humain à inventer des solutions pour assurer son avenir, je veux continuer à voir des fonds marins exploser de vie, des prairies sous-marines recouvrir les rocailles grouillant de poissons, des algues danser au rythme des vagues…

L'océan n'est pas qu'une vaste étendue d'eau. Mers et océans couvrent 70 % de la surface de notre planète. Pour accéder à ses vibrations et en reconnaître les mérites, l'humanité doit faire face à sa puissance, contempler ses humeurs, admirer sa force.

« La mer est un espace de rigueur et de liberté », écrivait Victor Hugo. Nos lointains ancêtres proches de la préhistoire y trouvaient déjà une abondante nourriture à l'aide de lances, harpons, nasses, arcs…

Homère a chanté les exploits légendaires d'Ulysse. Aujourd'hui encore les jeunes générations rêvent des errances en Méditerranée du héros de Troie.

L'océan a toujours permis à l'être humain de se nourrir, d'aiguiser sa curiosité, d'explorer des terres inconnues avec ses embarcations, bravant les étendues d'eau pour rejoindre d'autres terres et s'y installer. Il y a trois mille ans, les ancêtres des Polynésiens, peuple originaire d'Asie du Sud-Est, habiles navigateurs, partirent à l'aventure dans de grands canots, découvrirent l'océan Pacifique et colonisèrent les îles du Pacifique sud-ouest.

Les Vikings, grands marins, commerçants et pillards, explorèrent l'Atlantique nord du VIIIe au

XIe siècle. Les grandes civilisations ont toutes cherché à repousser les limites du monde connu. Au XVe siècle, l'Occident redécouvre le traité de géographie de Ptolémée. Les grands navigateurs, explorateurs et conquérants parcourent la Terre : Colomb, Vespucci, Magellan, Vasco de Gama…

Cette anthologie nous invite à lever l'ancre. Les ondes de l'océan et de la mer nous accompagnent au long des textes de ce recueil ; c'est aussi un appel au large, une invitation pour un embarquement au long cours dont assurément vous reviendrez avec le goût de cet horizon qui sans cesse s'efface à l'arrivée du marin !

Maud Fontenoy

1

Citations, aphorismes proverbes d'ici et d'ailleurs

Si tu veux apprendre à prier, prends la mer.

François Bellec, *L'Arbre de nuit*, J.-C. Lattès, 2012.

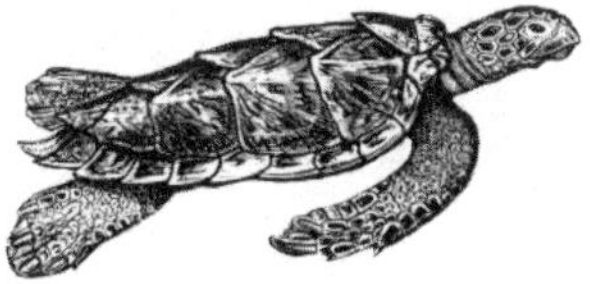

Sans l'océan, nous sommes sans passé ;
si nous ne le protégeons pas,
nous nous privons d'avenir.

Maud Fontenoy, *Bleu : un océan de solutions*,
Belin/Humensis, 2020.

Le voilier est l'une des dernières façons de proclamer que le monde est grand.

Paul Guimard, *Le Mauvais Temps*, Denoël, 1976.

Car il n'est rien de mystérieux pour un marin en dehors de la mer elle-même, qui est maîtresse de son existence et aussi impénétrable que la Destinée.

Joseph Conrad, *Au cœur des ténèbres*, 1899.

L'eau que tu bois a connu la mer.

Eugène Guillevic, *Du domaine*, Gallimard, 1977.

La nuit s'effaçait ; les étoiles pâlissaient ; c'était l'heure fraîche qui précède le jour. La lune descendue allait s'enfoncer dans la mer qu'elle nacrait sur toute sa surface.

Guy de Maupassant, *Une vie*, 1883.

Le métier de marin pousse ceux qui le professent
à vouloir connaître les secrets de ce monde.

Christophe Colomb, *Les Prophéties*, 1502.

Quand je regarde la mer,
je me promène dans le temps du monde.

Olivier de Kersauson, *Promenades en bord de mer et étonnements heureux*, © le cherche midi, 2016.

Chaque vague sait qu'elle est la mer.
Ce qui la défait ne la dérange pas,
car ce qui la brise la recrée.

Lao-Tseu

L'amour est une mer dont la femme est la rive.

Victor Hugo, « Le groupe des idylles », *La Légende des siècles*, 1877.

Une marée : pris de vague à l'âme, l'océan va verser ses lames ailleurs.

*

Dans le port de Valparaiso, les destroyers ignorent que l'océan est Pacifique.

*

L'écume est la sueur de l'eau qui s'agite.

Sylvain Tesson, *Aphorismes sous la lune et autres pensées sauvages*, © Éditions des Équateurs, 2008.

Le cœur de l'homme est comme la mer, il a ses tempêtes, il a ses marées et dans ses profondeurs il a aussi ses perles.

Vincent Van Gogh (1853-1890).

N'accuse point la mer à ton second naufrage.

Publius Syrus, poète latin né en Syrie (85-43 av. J.-C.).

Il y a souvent plus de choses naufragées au fond d'une âme qu'au fond de la mer.

Victor Hugo, *Moi, l'amour, la femme*, 1872.

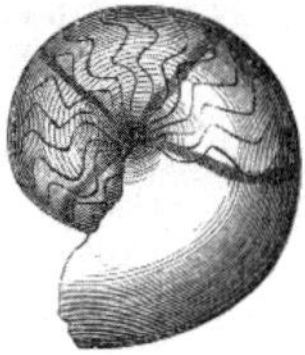

La vue d'une belle mer est consolante.

Stendhal, *De l'amour*, 1822.

Ceux qui vivent en bordure de mer peuvent difficilement élaborer une seule pensée dont la mer ne fasse pas partie.

Hermann Broch (1886-1951), romancier, dramaturge et essayiste autrichien.

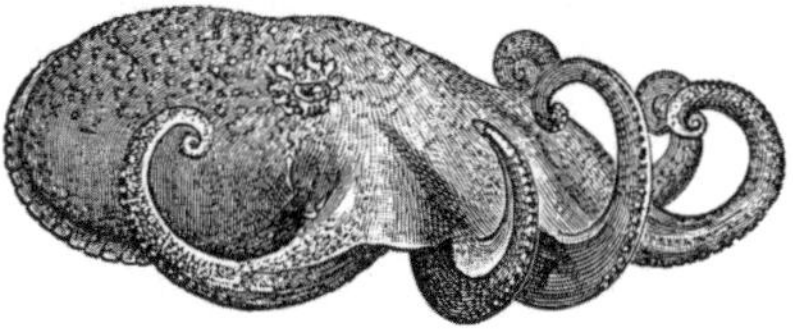

Toutes les eaux y confluent sans la remplir.
Toutes les eaux en sortent sans la vider.
Voilà pourquoi je vais à la mer.

Tchouang-Tseu

Le vent désorganisait la vie. Lofer, virer, border, choquer, reprendre, abattre, remonter… Naviguer, c'est dégainer le bon verbe.

*

Tout a changé dans ce monde sauf le roulement de la mer, la grandeur du ciel et la chaleur de la lumière sur la peau. L'une des joies de la vie est de capter ces phénomènes éternels.

*

J'avais un plan : bivouaquer sur le sol d'un Finistère, avant de prendre le large, la fuite. Une nuit de veille, à la fin des terres. Ensuite, je rejoindrais le bord.

Sylvain Tesson, *Avec les fées*, Éditions des Équateurs, 2024.

Océan : masse d'eau occupant à peu près les deux tiers d'un monde destiné à l'homme – lequel est dépourvu de branchies.

Ambrose Bierce, *Le Dictionnaire du diable*, 1906.

Il est très difficile, quand on vit dans la familiarité bourrue de la mer, de ne point regarder le vent comme quelqu'un et les rochers comme des personnages.

Victor Hugo, *Les Travailleurs de la mer*, 1866.

Le spectacle de la mer fait toujours une impression profonde ; elle est l'image de cet infini qui attire sans cesse la pensée, et dans lequel sans cesse elle va se perdre.

Madame de Staël, *Corinne ou l'Italie*, 1807.

La vie de l'homme est comme un fleuve :
de la source à la mer immense.

Anonyme

Dieu soulève l'âme comme l'océan.

Victor Hugo, *Les Misérables*, 1862.

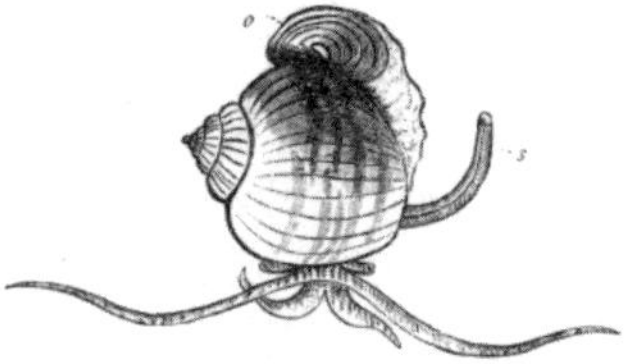

Sous les vagues, la mer est dressée, on dirait qu'elle est au ciel, qu'elle touche et arrose les nuages qui couvrent tout.

Ovide, *Les Métamorphoses*, XI, 1802.

Dieu a créé l'Homme comme la mer a fait les continents, en se retirant.

Friedrich Hölderlin (1770-1843).

Puisque le bronze, la pierre, la terre, la mer sans bornes, ne peuvent résister à la triste mortalité, comment la beauté se défendrait-elle contre cette furie, elle qui en action n'est pas plus forte qu'une fleur ?

William Shakespeare (1564-1816), « Sonnets CLI », *Œuvres complètes*, 1872.

Je sais nager juste assez pour me retenir de sauver les autres.

Jules Renard (1864-1910), *Journal 1887-1910*, 1925.

La mer la plus profonde a un fond, la montagne
la plus haute a une cime.

Proverbe chinois

Le musicien Arion, jeté à la mer par des matelots cruels, fut sauvé par un dauphin.

Théocrite (310-250 av. J.-C.).

Si contre la vague, mer frise,
saute de vent vient en surprise.

Proverbe français

Remède contre le mal de mer : asseyez-vous sous un arbre.

Spike Milligan

Mer, eau la plus pure et la plus altérée, pour le poisson buvable et salutaire, pour les hommes imbuvable et mortelle.

Héraclite d'Éphèse

Venez à mon secours, grand Dieu : ma barque est si petite et la mer si grande.

Prière bretonne

Car, croyez-m'en ! – le secret pour moissonner l'existence la plus féconde et la plus grande jouissance de la vie, c'est de vivre dangereusement ! Construisez vos villes près du Vésuve. Envoyez vos vaisseaux dans les mers inexplorées !

Frédéric Nietzsche, *Le Gai Savoir*, 1901.

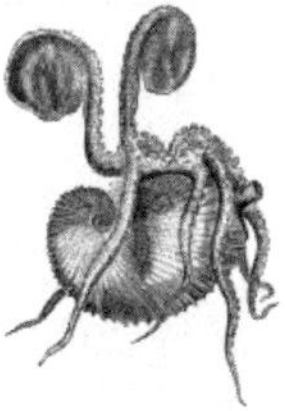

On apprend l'eau par la soif.
La Terre – par les océans traversés.

Emily Dickinson, *The Complete Poems*, 1924.

Plus d'hommes se sont noyés dans l'alcool que dans la mer.

W. C. Fields (1880-1946).

Si nous envoyions au fond de la mer toute la médecine que nous utilisons, ce serait tant mieux pour nous et tant pis pour les poissons.

Oliver Wendell Holmes (1809-1894), médecin et écrivain américain, *Discours à la Société médicale du Massachusetts*, 1860.

Une mer calme n'a jamais fait un bon marin.

Proverbe anglais

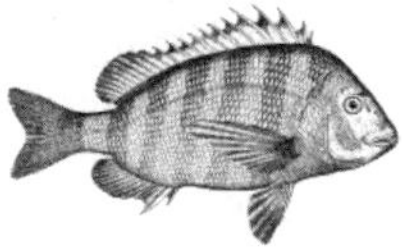

Comme les vagues se jettent sur les galets de la plage, nos minutes se précipitent vers leur fin, chacune prenant la place de celle qui la précédait ; et toutes se pressent en avant dans une pénible procession.

William Shakespeare, « Sonnet CXL », *Œuvres complètes*, 1872.

— En quoi les livres te consolent-ils de ne pas naviguer ? En quoi remplacent-ils pour toi les bateaux ?
— Lire ressemble à regarder l'horizon. D'abord on ne voit qu'une ligne noire. Puis on imagine des mondes.

Erik Orsenna, *L'Entreprise des Indes*, © Stock, 2010.

La véritable paix de Dieu commence en n'importe quel point à trois cents lieues de la plus proche terre.

Joseph Conrad, *Le Nègre du Narcisse*, 1897.

On n'empêche pas plus la pensée de revenir à une idée que la mer de revenir à un rivage. Pour le matelot, cela s'appelle la marée ; pour le coupable, cela s'appelle le remords. Dieu soulève l'âme comme l'océan.

Victor Hugo, *Les Misérables*, 1re Partie, Liv. VII, 1862.

Ma consolation est que tout ce qui a été est éternel – la mer le ramène.

Friedrich Nietzsche

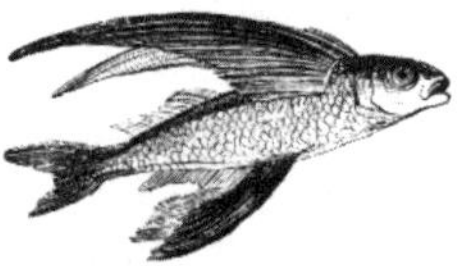

La mer, c'est le spectacle plein jusqu'au bord.

Jules Renard, *Journal 1893-1898.*

Naviguer est une activité qui ne convient pas aux imposteurs.
Dans bien des professions, on peut faire illusion et bluffer en toute impunité.
En mer, on sait ou on ne sait pas.

Éric Tabarly (1931-1998)

Choisis d'entrer dans la mer par les petits ruisseaux.

Saint Thomas d'Aquin (1225-1274)

Que ce triste intérim soit comme l'océan
qui sépare les rives où deux nouveaux fiancés
viennent chaque jour, en sorte qu'au moment
où ils doivent se rapprocher, l'entrevue soit plus
délicieuse encore !

William Shakespeare, « Sonnets LV », *Œuvres complètes*, 1872.

Mer : n'a pas de fond. Image de l'infini. Donne de grandes pensées. Au bord de la mer il faut toujours avoir une longue-vue. Quand on la contemple, toujours dire : « Que d'eau ! Que d'eau ! ».

Gustave Flaubert, *Dictionnaire des idées reçues*, « Œuvres complètes », 1910.

La mer n'achète pas de poissons.

Proverbe turc

« Les bateaux ne partent pas que des ports, Jérôme, ils s'en vont poussés par un rêve. » Décidément, on voyageait tout aussi bien sur les pages d'un livre que sur un navire et, sans risquer nausée ni scorbut.

Erik Orsenna, *L'Entreprise des Indes*, © Stock, 2010.

La rivière n'atteindrait jamais la mer si les berges ne la contraignaient.

Rabindranath Tagore (1861-1941)

Le navire dormait. Et la mer s'étendait au loin, immense, embrumée, image de la vie, miroitante au-dessus d'abîmes sans clarté.

Joseph Conrad, *Le Nègre du Narcisse*, 1897.

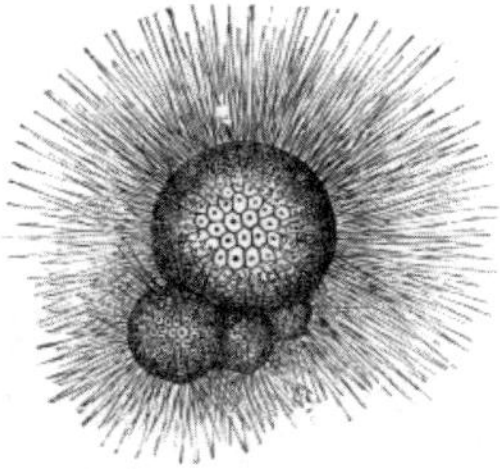

Pour l'homme humble et pour lui seulement,
le soleil est vraiment un soleil.
Pour l'homme humble et pour lui seulement,
la mer est vraiment une mer.

G. K. Chesterton (1874-1936)

On s'étonne toujours (et avec raison) de ce que les coques et les gréements puissent résister aux contraintes que leur impose le mauvais temps, mais que dire de la résistance des hommes ?

Paul Guimard, *Le Mauvais Temps*, © Denoël, 1976.

Les mathématiques ne sont pas une moindre immensité que la mer.

Victor Hugo, *Œuvres complètes*, Proses philosophiques (1860-1865).

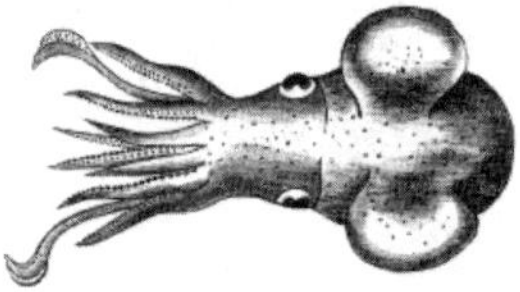

De l'océan qui roule, la foule,
une goutte est doucement venue vers moi,
En murmurant : je t'aime, avant peu je mourrai.

Walt Whitman, *Feuilles d'herbe*, 1855.

2

Romans, contes et légendes

— Où allez-vous, enfin ?
— À la mer, vicomte, à la mer. Je suis un marin, voyez-vous ; tout enfant, j'ai été bercé dans les bras du vieil Océan et sur le sein de la belle Amphitrite ; j'ai joué avec le manteau vert de l'un et la robe azurée de l'autre ; j'aime la mer comme on aime une maîtresse, et quand il y a longtemps que je ne l'ai vue, je m'ennuie d'elle.

Alexandre Dumas, *Le Comte de Monte-Cristo*, 1846.

Croyez-vous qu'on passe sinon du bonheur, mais du moins de la tranquillité au désespoir, sans que le cœur saigne ? Croyez-vous qu'on traverse l'océan à mon âge pour aller traîner le reste de sa vie sur une terre étrangère, sans mêler une larme aux flots qui vous emportent loin de tout ce qu'on a aimé ?

Alexandre Dumas, *Pauline*, 1838.

« Un homme à la mer ! »
Qu'importe ! le navire ne s'arrête pas. Le vent souffle, ce sombre navire-là a une route qu'il est forcé de continuer. Il passe.
L'homme disparaît, puis reparaît, il plonge et remonte à la surface, il appelle, il tend les bras, on ne l'entend pas ; le navire, frissonnant sous l'ouragan, est tout à sa manœuvre, les matelots et les passagers ne voient même plus l'homme submergé ; sa misérable tête n'est qu'un point dans l'énormité des vagues. Il jette des cris désespérés dans les profondeurs. Quel spectre que cette voile qui s'en va ! Il la regarde, il la regarde frénétiquement. Elle s'éloigne, elle blêmit, elle décroît. Il était là tout à l'heure, il était de l'équipage, il allait et venait sur le pont avec les autres, il avait sa part de respiration et de soleil, il était un vivant. Maintenant, que s'est-il donc passé ? Il a glissé, il est tombé, c'est fini.

Victor Hugo, *Les Misérables*, 1re Partie, Livre II, 1862.

Nous courions depuis le matin à travers la plaine, cherchant la mer qui nous fuyait toujours dans ces méandres, ces caps, ces presqu'îles que forment les côtes de Bretagne.
De temps en temps un coin bleu marine s'ouvrait à l'horizon, comme une échappée de ciel plus sombre et plus mouvant ; mais le hasard de ces routes tortueuses qui font rêver d'embuscades et de chouannerie refermait vite la vision entrevue. Nous étions arrivés ainsi dans un petit village vieux et rustique, aux rues sombres, étroites à la façon des rues algériennes, encombrées de fPaumier, d'oies, de bœufs, de pourceaux. […] Tout à coup, en débouchant sur la place de l'Église, nous nous trouvons entourés d'une lumière éblouissante, d'une prise d'air gigantesque, d'un bruit de flots illimité. C'était l'océan, l'océan immense, infini, et son odeur fraîche et salée, et ce grand coup d'éventail que la marée montante dégage de chaque vague dans son élan.

Alphonse Daudet, « La Moisson au bord de la mer », *Les Contes du lundi*, 1880.

À ce moment, une vague clarté m'atteignit au fond de ma barrique. Je levai les yeux, et vis que la lune s'était levée, argentant la hune d'artimon et brillant sur la blancheur de la misaine. Presque en même temps, la vigie lança ce cri :
— Terre ! [...]
Coup sur coup, l'ancre sortit de l'eau, ruisselante, et s'accrocha aux bossoirs ; puis les voiles prirent le vent, la terre et les navires défilèrent à droite et à gauche. Avant que je me fusse couché pour prendre une heure de repos, le voyage de l'*Hispaniola* était commencé, et elle voguait vers l'Île au trésor. [...]
Ces imbéciles se figuraient sans doute qu'ils allaient se casser le nez sur le trésor aussitôt débarqué. Leur maussaderie se dissipa en un instant, et ils poussèrent un vivat qui réveilla au loin l'écho d'une montagne et fit de nouveau partir une volée d'oiseaux criards à l'entour du mouillage.

Robert Louis Stevenson, *L'Île au trésor*, 1883.

La nuit vint, nous suivions la route de la Corniche, taillée dans le rocher à plus de cent toises au-dessus de la mer, qui baigne en cet endroit le pied des Alpes. [...]
Voilà que j'aspire l'air tiède et embaumé de Nice à pleins poumons : voilà la vie et la joie qui accourent à tire-d'aile, et la musique qui m'embrasse, et l'avenir qui me sourit ; et je reste à Nice un mois entier à errer dans les bois d'orangers, à me plonger dans la mer, à dormir sur les bruyères des montagnes de Villefranche, à voir, du haut de ce radieux observatoire les navires venir, passer et disparaître silencieusement. Je vis entièrement seul, j'écris l'ouverture du Roi Lear, je chante, je crois en Dieu. Convalescence.
C'est ainsi que j'ai passé à Nice les vingt plus beaux jours de ma vie. Ô Nizza !

Hector Berlioz, *Mémoires*, 1870.

Sans la frange argentée qui badinait devant le brick, sans le long sillon rapidement effacé qu'il traçait derrière lui, les voyageurs auraient pu se croire immobiles au milieu de l'Océan, tant la mer y était calme. [...] Le brick avait toutes ses voiles gonflées par un vent d'une merveilleuse douceur, et ces nappes aussi blanches que la neige, ces pavillons jaunes flottants, ce dédale de cordages se dessinaient avec une précision rigoureuse sur le fond brillant de l'air, du ciel et de l'Océan, sans recevoir d'autres teintes que celles des ombres projetées par les toiles vaporeuses.

Honoré de Balzac, *La Femme de trente ans*, 1842.

Charles se secoua : ce n'était pas le moment de rêvasser ! Il pencha sa lanterne vers le sentier qu'il avait gravi : la grève était presque invisible en contrebas, et la mer n'apparaissait que sous la forme de franges d'écume se jetant sur la plage de galets noirs. [...]

Charles se sentait beaucoup moins serein maintenant, alors qu'il était enfin arrivé à destination sur Guernesey, après quelques heures de navigation nocturne […] La maison était devant lui, une grande bâtisse rectangulaire de trois étages, surmontée d'une sorte de tour et garnie de balcons. […] Il posa sa lanterne sur un buffet défoncé et observa les lieux qui le dominaient de toute leur hauteur.
[…]
— Enfin, vous voilà !
Charles se retourna : un homme venait d'apparaître derrière un angle de l'immense bâtisse, portant lui aussi une lanterne assourdie.
— M. Hugo, je suis heureux de vous voir.
Victor Hugo s'approcha et posa sa lanterne près de celle de Charles, le considérant longuement. La clarté jaune des deux lampes les entoura comme un halo.
— M. Baudelaire, bienvenu à Hauteville house, dit Hugo en tendant sa main. J'ai failli ne pas vous reconnaître dans cet accoutrement de pêcheur. Mais vous avez eu raison d'être discret.

Paul Carta, *Le Testament Hugo*, © éditions Melis.

Sur la mer sombrement bleue et toujours plate comme un lac, une petite armada de voiliers, de barques et de pédalos fonçait ensemble vers le port.

*

Le blond Apollon, soucieux de ses traits, et flairant un climat hostile, avait déjà filé sur une barque amarrée secrètement dans une échancrure de l'île. Son ami Orphée était à bord. Il n'avait pas voulu mettre pied à terre, préférant flâner sur le petit navire à moteur, prêté par un ami, bercer au long balancement de la coque son incurable mélancolie et contempler dans les abîmes bleus des cavernes marines les poissons géants qui, raconte-t-on, viennent y tournoyer avant leur départ au loin, vers d'autres mers.

*

La traversée, des îles d'Or à la côte des Maures, s'avérait un jeu d'enfant. Tout à coup, le dieu

Éole, rendu peut-être furieux par le différend Hercule-Apollon, et la fuite de ce dernier, le dieu Éole s'était fâché, lâchant à coup sûr dans l'espace méditerranéen une meute subite de vents.

André Verdet, *Montagnes marines*, © éditions Melis, 2005.

Il n'y a pas longtemps que j'ai revu la mer et foulé le pont des vaisseaux, et mes souvenirs sont vivaces comme si je l'avais quittée la veille. […] Vieil océan, aux vagues de cristal… Mes yeux se mouillent de larmes abondantes, et je n'ai pas la force de poursuivre ; car, je sens que le moment venu de revenir parmi les hommes […].
Je te salue, vieil océan !

Lautréamont, *Les Chants de Maldoror*, 1869.

Le navire se balançait lentement sur place, en rendant toujours sa même plainte, monotone comme une chanson de Bretagne répétée en rêve par un homme endormi. Yann et Sylvestre avaient préparé très vite leurs hameçons et leurs lignes, tandis que l'autre ouvrait un baril de sel et, aiguisant son grand couteau, s'asseyait derrière eux pour attendre.
Ce ne fut pas long. À peine avaient-ils jeté leurs lignes dans cette eau tranquille et froide, ils les relevèrent avec des poissons lourds, d'un gris luisant d'acier.
Et toujours, et toujours, les morues vives se faisaient prendre ; c'était rapide et incessant, cette pêche silencieuse. L'autre éventrait, avec son grand couteau, aplatissait, salait, comptait, et la saumure qui devait faire leur fortune au retour s'empilait derrière eux, toute ruisselante et fraîche.

Pierre Loti, *Pêcheur d'Islande*, 1886.

L'océan ne cède pas. Le déploiement de forces que font les grandes rivières n'est pas pour l'intimider. Les eaux qu'on pousse sur lui, il les rembarre, les ramasse, les roule en montagne, jusqu'à Rouen, jusqu'à Bordeaux, dans une si grande violence, qu'on dirait qu'il va leur faire remonter les montagnes mêmes.

Jules Michelet, *La Mer*, 1861.

Dans la brise humide et froide du petit matin, le voilier se détacha lentement du quai où, au milieu d'un amoncellement de ballots de sucre et de tabac, s'affairaient quelques hommes à la lueur pâle des lanternes. Le mât de misaine craqua comme une vieille poutre lorsque ses voiles, gonflées, firent tourner le navire sur sa quille. Il s'engagea doucement, glissant sans bruit sur les eaux calmes du port, entre les deux tours qui en défendaient l'accès. Puis, face au large, les voiles s'orientèrent dans un grand claquement de toiles. Aux ordres du maître d'équipage, hurlés comme des aboiements, répondirent bientôt les chants des matelots. Le navire obliqua pour prendre les vents d'ouest dominants de l'Atlantique Nord. Du pont, on n'aperçut bientôt plus de La Rochelle que son éperon rocheux surmonté par la flèche octogonale de la tour de la Lanterne qui, longtemps, servit de phare. Vite, les toits roses de la ville et la blondeur du sable de sa baie se confondirent avec les lueurs ocre de l'aube. Des mouettes suivirent le bateau en tournoyant autour des mâts, puis s'enfuirent brusquement vers la terre en jetant des cris rauques.

Dans un grand bouillonnement d'écume, le navire s'élança en creusant son sillon, seul, dans l'immensité de l'Océan.

Michel Ragon, *Le Marin des sables*, © Albin Michel, 1987.

Moïse étendit le bras sur la mer. Le Seigneur chassa la mer toute la nuit par un fort vent d'Est ; il mit la mer à sec, et les eaux se fendirent.

Edgar Quinet, « La création », tome II, *Œuvres complètes*, 1844-1858.

De sourds battements ébranlèrent les flancs du bateau. Des marins s'affairèrent. Un coup de sifflet. Les cordages tombèrent avec un bruit sourd sur le quai. En bas, des silhouettes s'agitaient. Qu'adviendrait-il de ceux qui restaient ?
Le *Sidi Ferruch* appareilla avec une puissante lourdeur. Rien ne serait plus comme avant. Les liens qui retenaient encore Marc à la vie venaient d'être tranchés. Car sa vie était là, sur cette terre qui s'éloignait, cette terre où il était né vingt-quatre ans plus tôt, où il avait été heureux, où il avait cru achever ses jours. L'histoire anéantissait tout ça. […]
Le *Sidi Ferruch* franchit la passe. L'air devint plus vif. Marc frissonna.
Dieu que les choses allaient vite ! Un instant de rêverie et déjà, tout autour, s'étendait l'immensité de la mer. La houle à peau de squale soulevait la coque du navire. Le roulis soulevait le cœur. […]
Au sud, l'horizon engloutissait une bande de terre jaune qui se réduisait peu à peu, dissipée par le vent du large. […] Il portait cette terre en lui. Quoi qu'il partît pour un exil définitif, il ne s'en détacherait jamais. Les deux rives de la

Méditerranée étaient les deux lèvres d'une plaie à vif qui ne cicatriserait pas.

Jean-Max Tixier, *Le Cavalier des deux rives*, © éditions Melis, 2008.

Certains, embarqués sur des navires, occupés à leur travail en haute mer, ont vu les œuvres du Seigneur et ses merveilles parmi les océans. Il parle, et provoque la tempête, un vent qui soulève les vagues : portés jusqu'au ciel, retombant aux abîmes, ils étaient malades à rendre l'âme ; ils tournoyaient, titubaient comme des ivrognes : leur sagesse était engloutie. Dans leur angoisse, ils ont crié vers le Seigneur, et lui les a tirés de la détresse, réduisant la tempête au silence, faisant taire les vagues. Ils se réjouissent de les voir s'apaiser, d'être conduits au port qu'ils désiraient.

La Bible, Psaume 16 (107), 23-30.

La Catherine

Voyez ce brick, il glisse bien timidement sur la mer des Tropiques, car c'est à peine si cette brise légère et folle peut gonfler ses larges voiles grises. Écoutez le murmure sourd et mélancolique de l'Océan ; on dirait le bruit confus d'une grande cité qui s'éveille ; voyez comme les vagues se soulèvent à de longs intervalles et déroulent avec calme leurs immenses anneaux ; quelquefois une mousse blanche et frémissante jaillit du sommet diaphane des deux lames qui se rencontrent, se heurtent, s'élèvent ensemble et retombent en poussière humide après un léger choc.
Oh ! qu'elle est scintillante et nacrée cette frange d'écume qui se découpe sur les flancs bruns du navire ! comme le cuivre de la carène étincelle en reflets d'or au milieu de ces eaux vertes et liquides ! que le soleil brille doucement au travers de ces voiles arrondies qui projettent au loin leurs ombres tremblantes !

Eugène Sue, « Atar-Gull », *Atar-Gull et autres récits*, 1831.

Leur navire s'appelait la *Marie*, capitaine Guermeur. Il allait chaque année faire la grande pêche dangereuse dans ces régions froides où les étés n'ont plus de nuits.
Il était très ancien, comme la Vierge de faïence sa patronne. Ses flancs épais, à vertèbres de chêne, étaient éraillés, rugueux, imprégnés d'humidité et de saumure ; mais sains encore et robustes, exhalant les senteurs vivifiantes du goudron. Au repos il avait un air lourd, avec sa membrure massive, mais quand les grandes brises d'ouest soufflaient, il retrouvait sa vigueur légère, comme les mouettes que le vent réveille. Alors il avait sa façon à lui de s'élever à la lame et de rebondir, plus lestement que bien des jeunes, taillés avec les finesses modernes.
Quant à eux, les six hommes et le mousse, ils étaient des Islandais (une race vaillante de marins qui est répandue surtout au pays de Paimpol et de Tréguier, et qui s'est vouée de père en fils à cette pêche-là).

Pierre Loti, *Pêcheur d'Islande*, 1886.

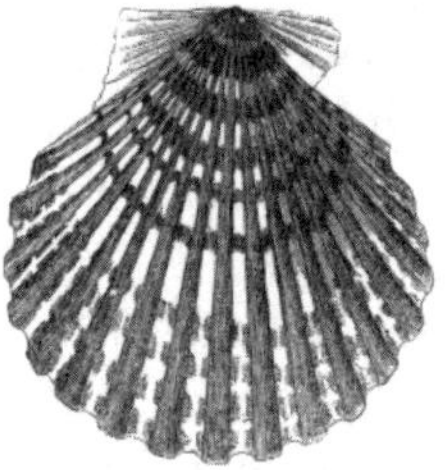

Dans les jours de brise, lorsque la voile pleine de vent fait courir sur le dos des vagues, la coque joufflue des barques, et que, par chaque bord, traîne jusqu'au fond de la mer la grande ligne fuyante que poursuivent les hordes de maquereaux, il tenait dans sa main tremblante d'anxiété la petite corde qu'on sent vibrer sitôt qu'un poisson pris se débat.

Il partait au clair de lune pour lever les filets posés la veille. Il aimait à entendre craquer le mât, à respirer les rafales sifflantes et fraîches de la nuit ; et, après avoir longtemps louvoyé pour retrouver les bouées en se guidant sur une crête de roche, le toit d'un clocher et le phare de Fécamp, il jouissait à demeurer immobile sous les premiers feux du soleil levant qui faisait reluire sur le pont du bateau le dos gluant des larges raies en éventail et le ventre gras des turbots.

[…]

Une brise légère et continue, venant du large, effleurait et ridait la surface de l'eau. La voile fut hissée, s'arrondit un peu, et la barque s'en alla paisiblement, à peine bercée par la mer.

On s'éloigna d'abord. Vers l'horizon, le ciel se baissant se mêlait à l'Océan. Vers la terre, la haute falaise droite faisait une grande ombre à son pied, et des pentes de gazon pleines de soleil l'échancraient par endroits. Là-bas, en arrière, des voiles brunes sortaient de la jetée blanche de Fécamp, et là-bas, en avant, une roche d'une forme étrange, arrondie et percée à jour, avait à peu près la figure d'un éléphant énorme enfonçant sa trompe dans les flots. C'était la petite porte d'Étretat.

Jeanne, tenant le bordage d'une main, un peu étourdie par le bercement des vagues, regardait au loin ; et il lui semblait que trois seules choses étaient vraiment belles dans la création : la lumière, l'espace et l'eau.

Guy de Maupassant, *Une vie*, 1883.

Le pilote était tombé à la mer, et nous enfants, désormais sans personne au gouvernail, sans phare pour nous guider, sans rien pour nous conduire au port, sans même savoir s'il y avait un port pour nous, nous restions perdus au milieu de l'océan de la vie, ballotés au caprice du vent, incapables d'un mouvement ou d'une idée, l'effroi dans l'esprit, la désespérance dans le cœur.
[...]
Ils étaient partis de Bordeaux depuis un mois, et après avoir remonté la Garonne, ils étaient entrés dans le canal du Midi ; par ce canal, ils devaient gagner les étangs et les canaux qui longent la Méditerranée, remonter ensuite le Rhône, puis la Saône, passer de cette rivière dans la Loire jusqu'à Briare, prendre là le canal de ce nom, arriver dans la Seine et suivre le cours de ce fleuve jusqu'à Rouen où ils s'embarqueraient sur un grand navire pour rentrer en Angleterre.

Hector Malot, *Sans famille*, 1878.

L'eau, sans hâte, mais sans interruption, irrésistible et lourde, montait dans la cale, et, à mesure qu'elle montait, le navire descendait. Cela était très lent. Les naufragés de la *Matutina* sentaient peu à peu s'entrouvrir sous eux la plus désespérée des catastrophes, la catastrophe inerte. La certitude tranquille et sinistre du fait inconscient les tenait. L'air n'oscillait pas, la mer ne bougeait pas. L'immobile, c'est l'inexorable. L'engloutissement les résorbait en silence. À travers l'épaisseur de l'eau muette, sans colère, sans passion, sans le vouloir, sans le savoir, sans y prendre intérêt, le fatal centre du globe les attirait. L'horreur, au repos, se les amalgamait. Ce n'était plus la gueule béante du flot, la double mâchoire du coup de vent et du coup de mer, méchamment menaçante, le rictus de la trombe, l'appétit écumant de la houle ; c'était sous ces misérables on ne sait quel bâillement noir de l'infini. Ils se sentaient entrer dans une profondeur paisible qui était la mort.

Victor Hugo, *L'homme qui rit*, 1869.

L'équipage monta sur le pont, triste, silencieux, car on n'était pas encore au fort du péril ; on l'attendait, on le voyait arriver, et cette conscience d'un danger prochain, inévitable, avait assombri toutes les figures.

Le brick s'était fièrement redressé, quoiqu'il eût perdu son petit mât de hune dans la bourrasque. Mais les vagues commencèrent à s'enfler, et le ciel se couvrit de vapeurs glauques et rougeâtres comme la fumée d'un incendie, qui, se reflétant sur les eaux, voilèrent d'une teinte grise et lugubre cet Océan tantôt si frais et si bleu.

« C'est un échantillon de ce que le vent nous promet, et il tiendra », avait dit Benoît qui s'y connaissait ; aussi, à peine les huniers étaient-ils amenés qu'un mugissement sourd se fit entendre, et une large zone de nuages sombres, noirs, qui semblait unir le ciel et la mer, s'avança rapidement du nord-ouest en chassant devant elle un banc d'écume bouillonnante, effroyable preuve de la fureur des vagues qui accouraient avec la tempête…

Benoît et Simon se serrèrent la main en échangeant un coup d'œil sublime.

Ces physionomies, naguère insignifiantes comme la brise folle qui se jouait dans les cordages du vaisseau, parurent sortir d'un sommeil léthargique ; ces hommes vulgaires, ces nains, pendant le calme, grandirent… grandirent avec l'ouragan et se dressèrent, géants intrépides, au premier choc de la tempête. […]
« Enfants – cria le capitaine, car déjà l'ouragan hurlait plus fort que le tonnerre – enfants, ne craignez rien, ce n'est que de l'eau et du vent ; dépassez le mât de hune qui nous reste. Toi, Simon, cours à l'avant, nous essayerons de tenir la cape avec la grand'voile au bas ris, tâche de la faire amurer… et toi, timonier, la barre dessous ; mettez-vous deux, trois s'il le faut, pour gouverner ; car je crois que le vent va s'entêter contre le brick, comme un enfant mutin contre son père… Aussi, mes garçons, ne lui cédons pas… c'est d'un mauvais exemple. »

Eugène Sue, « Atar-Gull », *Atar-Gull et autres récits*, 1831.

L'après-midi du dixième jour, la houle tomba, et il survint un brouillard blanc, humide et opaque. On n'y voyait pas d'une extrémité du brick à l'autre. Chaque fois que je traversais le pont, cet après-midi-là, je voyais les hommes et les officiers accoudés au bastingage, guettant l'approche des « brisants », me dit-on ; et sans bien comprendre le mot, je flairais le danger, et j'étais ému.

Vers dix heures du soir, comme je servais le souper à M. Riach et au capitaine, le navire heurta quelque chose avec fracas, et des cris de détresse retentirent. Mes deux maîtres se levèrent d'un bond.

— Nous avons touché ! dit M. Riach.

— Non, monsieur, dit le capitaine. Nous venons simplement de couler un bateau.

Et ils s'élancèrent au-dehors.
Le capitaine avait dit vrai. Nous avions abordé dans le brouillard une barque, qui s'était ouverte en deux et avait sombré avec tout son monde, à l'exception d'un homme. Celui-ci (nous l'apprîmes par la suite) était à l'arrière comme passager, et les autres sur les bancs, à ramer. Lors de l'abordage, la poupe avait été lancée en l'air, et l'homme (il avait les mains libres mais était empêtré d'un surtout de frise qui lui venait à mi-jambe) avait réussi à s'agripper au beaupré du brick. Et cependant, lorsque le capitaine l'introduisit dans la dunette, et que je le vis pour la première fois, il semblait aussi frais et dispos que moi.

Robert-Louis Stevenson, *Aventures de David Balfour*, 1905.

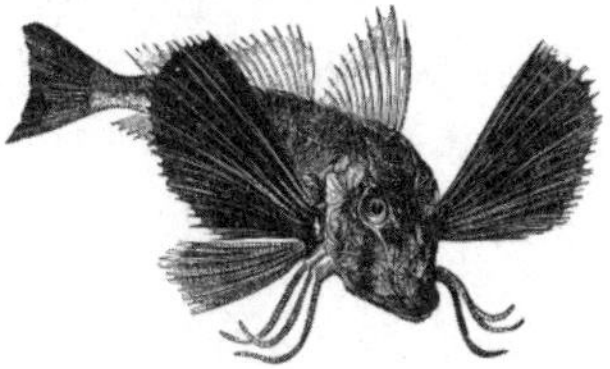

Le Seigneur dit à Moïse : « Pourquoi crier vers moi ? Ordonne aux fils d'Israël de se mettre en route ! Toi, lève ton bâton, étends le bras sur la mer, fends-la en deux, et que les fils d'Israël entrent au milieu de la mer à pied sec. Et moi, je ferai en sorte que les Égyptiens s'obstinent : ils y entreront derrière eux ; je me glorifierai aux dépens de Pharaon et de toute son armée, de ses chars et de ses guerriers. Les Égyptiens sauront que je suis le Seigneur, quand je me serai glorifié aux dépens de Pharaon, de ses chars et de ses guerriers. »
L'ange de Dieu, qui marchait en avant d'Israël, se déplaça et marcha à l'arrière. La colonne de nuée se déplaça depuis l'avant-garde et vint se tenir à l'arrière, entre le camp des Égyptiens et le camp d'Israël. Cette nuée était à la fois ténèbres et lumière dans la nuit, si bien que, de toute la nuit, ils ne purent se rencontrer.

La Bible, Exode 14, 6-31.

À Paimpol, un beau soir de cette année-là, un dimanche de juin, il y avait deux femmes très occupées à écrire une lettre.

Cela se passait devant une large fenêtre qui était ouverte et dont l'appui, en granit ancien et massif, portait une rangée de pots de fleurs. Penchées sur leur table, toutes deux semblaient jeunes ; l'une avait une coiffe extrêmement grande, à la mode d'autrefois ; l'autre, une coiffe toute petite, de la forme nouvelle qu'ont adoptée les Paimpolaises : – deux amoureuses, eût-on dit, rédigeant ensemble un message tendre pour quelque bel *Islandais*.

Celle qui dictait – la grande coiffe – releva la tête, cherchant ses idées. [...]

Elle regardait par la fenêtre, cherchant ce qu'elle pourrait bien raconter de plus pour amuser son petit-fils. [...] Le fils Gaos !... Elle regardait malgré elle du côté de la mer, qu'on ne voyait pas, mais qu'on sentait là tout près, au bout de ces petites ruelles par où remontaient des bateliers. Et sa pensée s'en allait dans les infinis de cette chose toujours attirante, qui fascine et qui dévore ; sa pensée s'en allait là-bas, très loin dans les mers polaires, où naviguait la *Marie,* capitaine Guermeur. Quel étrange garçon que ce fils Gaos !… fuyant, insaisissable maintenant, après s'être avancé d'une manière à la fois si osée et si douce.

Pierre Loti, *Pêcheur d'Islande*, 1886.

[…] la petite sirène ne put se lasser d'admirer le vaisseau et le beau prince. Les lanternes ne brillaient plus et les coups de canon avaient cessé ; toutes les voiles furent successivement déployées et le vaisseau s'avança rapidement sur l'eau. La princesse le suivit, sans détourner un instant ses regards de la fenêtre. Mais bientôt la mer commença à s'agiter ; les vagues grossissaient, et de grands nuages noirs s'amoncelaient dans

le ciel. Dans le lointain brillaient les éclairs, un orage terrible se préparait. Le vaisseau se balançait sur la mer impétueuse, dans une marche rapide. Les vagues, se dressant comme de hautes montagnes, tantôt le faisaient rouler entre elles comme un cygne, tantôt l'élevaient sur leur cime.
[…]
L'agitation était à son comble sur le navire ; encore une secousse ! il se fendit tout à fait, et elle vit le jeune prince s'engloutir dans la mer profonde. Transportée de joie, elle crut qu'il allait descendre dans sa demeure ; mais elle se rappela que les hommes ne peuvent vivre dans l'eau, et que par conséquent il arriverait mort au château de son père. Alors, pour le sauver, elle traversa à la nage les poutres et les planches éparses sur la mer, au risque de se faire écraser, plongea profondément sous l'eau à plusieurs reprises, et ainsi elle arriva jusqu'au jeune prince, au moment où ses forces commençaient à l'abandonner et où il fermait déjà les yeux, près de mourir. La petite sirène le saisit, soutint sa tête au-dessus de l'eau, puis s'abandonna avec lui au caprice des vagues.

Hans Christian Andersen, « La Petite Sirène », *Contes*, 1837.

J'étais vers le mois de mai 1835 à Toulon.
J'y habitais une petite bastide qu'un de mes amis avait mise à ma disposition.
Cette bastide était située à cinquante pas du fort Lamalgue, juste en face de la fameuse redoute qui vit, en 1793, surgir la fortune ailée de ce jeune officier d'artillerie qui fut d'abord le général Bonaparte, puis l'empereur Napoléon. [...]
... j'étais parfaitement décidé, tout le temps que je resterais à Toulon, à ne plus faire que de la vie contemplative.
En conséquence, je lui demandai à qui je pourrais m'adresser pour louer une barque : une barque étant la première nécessité de la nouvelle existence que, dans sa victoire sur la matière, l'esprit me forçait d'adopter.
Le commandant du port me répondit qu'il songerait à ma demande et qu'il aviserait à y satisfaire.
Le lendemain, en ouvrant ma fenêtre, j'aperçus à vingt pas au-dessous de moi, se balançant près du rivage, une charmante barque, pouvant marcher à la fois à la rame et à la voile, et montée par douze forçats.

Je réfléchissais à part moi que c'était justement là une barque comme il m'en faudrait une, lorsque le garde-chiourme, m'apercevant, fit aborder le canot, sauta sur le rivage, et s'achemina vers la porte de ma bastide.

Je m'avançai au-devant de l'honorable visiteur.

Il tira un billet de sa poche, et me le remit.

Il était conçu en ces termes :

« Mon cher métaphysicien,

Comme il ne faut pas détourner les poètes de leur vocation, et que jusqu'à présent vous vous étiez, à ce qu'il paraît, mépris sur la vôtre, je vous envoie la barque demandée ; vous pourrez, tout le temps que vous habiterez Toulon, en disposer depuis l'ouverture jusqu'à la fermeture du port.

Si parfois vos yeux lassés de contempler le ciel tendaient à redescendre sur la terre, vous trouverez autour de vous douze gaillards qui vous ramèneront facilement, et par leur seule vue, de l'idéal à la réalité.

Il va sans dire qu'il ne faut laisser traîner devant eux, ni vos bijoux, ni votre argent. »

Alexandre Dumas, *Gabriel Lambert*, 1844.

Le visage de la grand-mère s'illumina.
— De mon temps, les Mers Turquoises étaient encore transparentes.
— C'est difficile à imaginer.
Le jour, un ami disait qu'il avait l'impression que les navires naviguaient sur une fine couche de verre. La nuit, le corail phosphorescent éclairait l'océan.

Jean-Sébastien Guillermou, *Les Pirates de L'Escroc-Griffe*, tome 3, « Les Corsaires de l'Écosphère », © éditions Bragelonne, 2016.

L'orage atteignait son paroxysme. La tempête n'avait été que terrible, elle devint horrible. La convulsion de la mer gagna le ciel. […] Le ciel est le souffle, l'océan n'est que l'écume. De là l'autorité du vent. L'ouragan est génie. Cependant l'ivresse de sa propre horreur l'avait troublé. Il n'était plus que tourbillon. C'était l'aveuglement enfantant la nuit.
Il y a dans les tourmentes un moment insensé ; c'est pour le ciel une espèce de montée au cerveau. L'abîme ne sait plus ce qu'il fait. Il foudroie à tâtons. Rien de plus affreux. […] Tout orage a une mystérieuse orientation ; à cet instant-là, il la perd. C'est le mauvais endroit de la tempête. […] C'est à cet instant-là que se fait dans les tempêtes cette dépense continue d'électricité que Piddington appelle la cascade d'éclairs. C'est à cet instant-là qu'au plus noir de la nuée apparaît, on ne sait pourquoi, pour espionner l'effarement universel, ce cercle de lueur bleue que les vieux marins espagnols nommaient l'œil de tempête, *el ojo de tempestad*. Cet œil lugubre était sur Gilliatt.

Victor Hugo, *Les Travailleurs de la mer*, tome 2, 1892.

3

Les explorateurs

Sur le point de s'embarquer pour un voyage de long cours, et de s'abandonner au hasard des événements, on jette toujours un dernier regard vers la patrie à laquelle on fait ses adieux. Un vif regret se mêle à nos résolutions, nul ne sait s'il reverra jamais son pays, et cette limite de la terre natale résume alors pour nous tous les souvenirs de famille et d'enfance.
Je me trouvais à Toulon dans cette disposition d'esprit, vers la fin de juillet 1829. À cette époque, par suite du blocus d'Alger par le contre-amiral La Bretonnière, la physionomie de Toulon offrait un ensemble d'activité remarquable. À la rade, au port, au bassin de carénage, à l'arsenal, des milliers de bras organisaient les premiers éléments d'une conquête qui fut lentement calculée, mais qui frappa les États barbaresques comme d'un coup de foudre. Le temps était venu de venger l'Europe du mépris et de la témérité de ces pirates. On doutait encore de la guerre à Paris ; on n'en doutait plus à Toulon. [...] Bâtie en demi-cercle devant un des plus beaux ports de la Méditerranée, la ville de Toulon est la sentinelle avancée de la France, et son histoire ne pouvait manquer d'être féconde en révolutions.

Jules Dumont d'Urville, *Voyage autour du monde*, tome 1, 1860.

[…] un capitaine malouin du nom de Jacques Cartier, né le 21 décembre 1484, conçut le projet d'établir une colonie dans les parties septentrionales de l'Amérique. Favorablement accueilli par l'amiral Philippe de Chabot et par François Ier […]. Cartier quitta Saint-Malo avec deux navires, le 20 avril 1534. Le bâtiment qui le portait ne jaugeait que soixante tonneaux et avait soixante et un hommes d'équipage. Au bout de vingt jours seulement, tant la navigation fut heureuse, Cartier découvrit Terre-Neuve au cap Bonne-Vue. Il remonta alors dans le nord jusqu'à l'île aux Oiseaux, qu'il trouva environnée d'une glace toute rompue et déliquescente, mais sur laquelle il put, cependant, faire une provision de cinq ou six tonneaux de guillemots, de macareux et de pingouins, sans compter ceux qui furent consommés frais. […] Après avoir côtoyé le continent, Cartier fut rejeté par la tempête sur la côte occidentale de Terre-Neuve, où il explora les caps Royal, de Lait, les îles Colombaires, le cap Saint-Jean, les îles de la Madeleine, et la baie de Miramichi sur le continent. […] Après avoir planté une grande croix en ce lieu, Jacques

Cartier obtint du chef qu'il emmènerait avec lui deux de ses enfants et qu'il les ramènerait à son prochain voyage. Puis, il reprit la route de France et débarqua à Saint-Malo, le 5 septembre 1534.

Jules Verne (1828-1905), « Jacques Cartier et ses trois voyages au Canada », *Découverte de la Terre*, 1870.

« D'où vient cette étrange attirance de ces régions polaires, si puissante, si tenace, qu'après en être revenu on oublie les fatigues, morales et physiques pour ne songer qu'à retourner vers elles ? D'où vient le charme inouï de ces contrées pourtant désertes et terrifiantes ? Est-ce le plaisir de l'inconnu, la griserie de la lutte et de l'effort pour y parvenir et y vivre, l'orgueil de tenter de faire ce que d'autres ne font pas, la douceur d'être loin des petitesses, et des mesquineries ? Un peu de tout cela, mais d'autres choses aussi.

Jean-Baptiste Charcot, *Le Français au pôle Sud*, Flammarion, 1906.

Pendant l'été de 1887, l'*Hirondelle* poussait une campagne scientifique jusqu'aux régions septentrionales du Nouveau-Monde. [...] Chaque jour de notre relâche, je contemplais avec une jouissance émue la petite goélette profilant ses lignes gracieuses sur les eaux vertes d'une baie d'Amérique, après nous avoir vaillamment transportés d'une rive à l'autre de l'océan. [...] Un capitaine ressent pour son vieux bateau quelque chose comme une vieille tendresse. Lancés tous deux, jeunes et fringants, sur les eaux changeantes de la vie, ensemble ils ont couru mille dangers, ensemble ils reviennent au pays.

Albert Ier (prince de Monaco), *La Carrière d'un navigateur*, 1902.

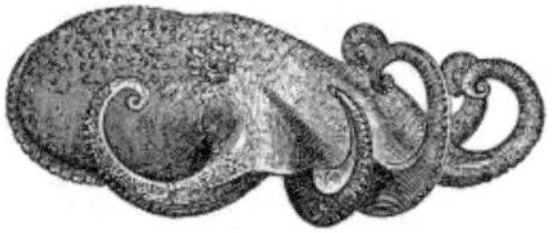

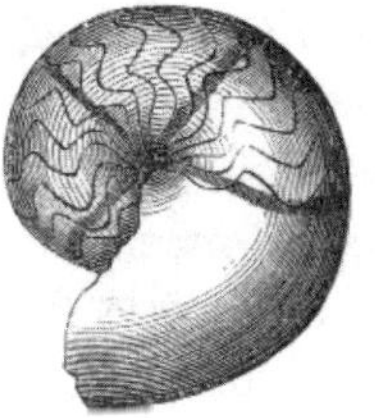

Transportons-nous à l'extrémité des côtes du Finistère. À plusieurs lieues des grèves, dans l'intérieur des terres, on entend les mugissements de la mer, prolongés, multipliés par les échos comme un tonnerre lointain. Si l'on s'aventure sur la pointe du Raz, un spectacle inouï se déploie sous les yeux. Du large, les vagues accourent et déferlent. La mer, par les vents d'ouest, brise effroyablement sur les écueils, et jusque sur la pointe, élevée cependant de 80 mètres au-dessus du niveau de l'eau, des flocons d'écume viennent éclabousser le visage du spectateur captivé, retenu malgré lui par la sublime horreur du tableau.

Louis Ernault et Ernest Jaubert, *La Conquête de la mer*, 1895.

VOYAGES DE PIERRE LE GRAND

De retour à Amsterdam, Pierre le Grand y reprit ses premières occupations, et acheva de ses mains un vaisseau de soixante pièces de canon qu'il avait commencé, et qu'il fit partir pour Archangel, n'ayant pas alors d'autre port sur les mers de l'Océan. Non seulement il faisait engager à son service des réfugiés français, des Suisses, des Allemands, mais il faisait partir des artisans de toute espèce pour Moscou, et n'envoyait que ceux qu'il avait vus travailler lui-même. [...] On a conservé la carte sur laquelle il traça la communication de la mer Caspienne et de la mer Noire, qu'il avait déjà projetée et dont il avait chargé un ingénieur allemand nommé Brakel. La jonction de ces deux mers était plus facile que celle de l'Océan et de la Méditerranée, exécutée en France ; mais l'idée d'unir la mer d'Azov et la Caspienne effrayait alors l'imagination. De nouveaux établissements dans ce pays lui paraissaient d'autant plus convenables que ses succès lui donnaient de nouvelles espérances.

Voltaire, *Histoire de l'empire de Russie sous Pierre le Grand*, 1761-1763.

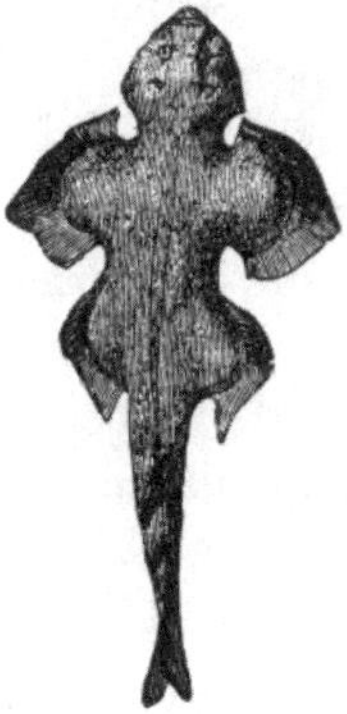

Quel personnage, le vent, pour les marins ! On en parle comme d'un homme, d'un souverain tout-puissant, tantôt terrible, tantôt bienveillant. C'est de lui qu'on s'entretient le plus, le long des jours, c'est à lui qu'on pense sans cesse, le long des jours et des nuits. Vous ne le connaissez point, gens de la terre !

Guy de Maupassant, *Sur l'eau*, 1888.

Au milieu du golfe, d'un gris chatoyant ou d'un violet sombre selon la marée, se dresse comme un château fantastique, sur un récif noir et pointu, le Mont-Saint-Michel, que les gens du Moyen Âge appelaient la merveille de l'Occident. Vu à cette distance, voilé de brume et comme perdu dans la mer, il ressemble plutôt à un menhir colossal qu'à une construction humaine. L'estuaire du Couesnon, qui sépare la Bretagne de la Normandie, trace maintenant son lit sablonneux à gauche du Mont. Autrefois, il passait à droite. Aussi, Bretons et Normands se sont-ils disputés le rocher porteur du sanctuaire et séjour de l'archange protecteur de la France.

Édouard Schuré (1841-1929), « Le Mont-Saint-Michel et son histoire », *Paysages historiques de France*, *Revue des Deux Mondes*, tome 100, 1890.

— À propos, dit Candide, pensez-vous que la terre ait été originairement une mer, comme on l'assure dans ce gros livre qui appartient au capitaine du vaisseau ?
— Je n'en crois rien du tout, dit Martin, non plus que de toutes les rêveries qu'on nous débite depuis quelque temps.

Voltaire, *Candide*, 1759.

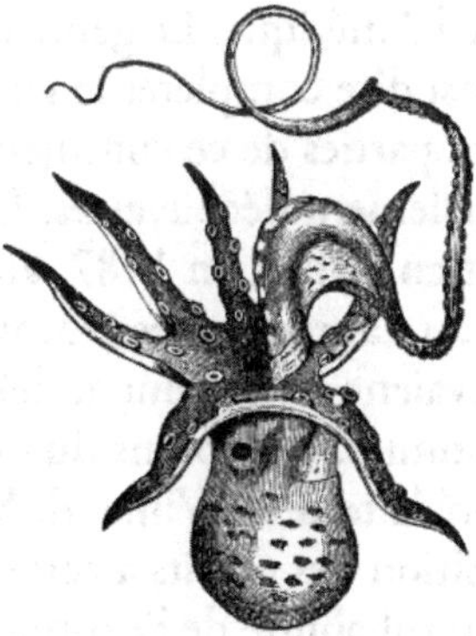

1492 est un millésime célèbre dans les annales géographiques. C'est la date mémorable de la découverte de l'Amérique. Le génie d'un homme allait pour ainsi dire compléter le globe terrestre, [...] Quelques parties de ce continent américain avaient été réellement découvertes. Un navigateur italien, Sébastien Cabot, en 1487, aurait atterri sur un point du Labrador. Les Normands scandinaves avaient certainement débarqué sur ces côtes inconnues. Les colons du Groenland avaient exploré la terre de Vinland. Mais telle était la disposition des esprits à cette époque, telle était l'improbabilité de l'existence d'un monde nouveau, que ce Groenland, ce Vinland, ce Labrador n'étaient considérés que comme un prolongement des terres européennes.

Les navigateurs du quinzième siècle
ne cherchaient donc qu'à établir des
communications plus faciles avec les rivages de
l'Asie. En effet, la route des Indes, de la Chine
et du Japon, contrées déjà connues par les
merveilleux récits de Marco Polo, cette route qui
traversait l'Asie Mineure, la Perse, la Tartarie,
était longue et périlleuse. [...]
Ce qui paraît le plus probable, à s'en rapporter
aux documents du temps et aux écrits de Colomb
lui-même, c'est que le jeune voyageur visita
le Levant, l'Occident, le Nord, plusieurs fois
l'Angleterre, le Portugal, la côte de Guinée, les
îles africaines, peut-être même le Groenland,
ayant, à l'âge de quarante ans, « navigué tout ce
qui avait été navigué jusqu'à lui ».

Jules Verne, « Christophe Colomb », *Découverte de la Terre*, 1870.

4

L'océan philosophe

Du marin chanceux, Homère écrit qu'il est l'hôte occasionnel d'un dieu aux distractions duquel il doit suppléer, méritant ainsi le génie qui l'emmène au large – au large des heures terrestres, éphémères enjeux des cadrans solaires.

Yann Queffélec, *Tabarly*, © L'Archipel, 2008.

Heureux qui, comme Ulysse, a fait un beau [voyage,
Ou comme celui-là qui conquit la toison,
Et puis est retourné, plein d'usage et raison,
Vivre entre ses parents le reste de son âge !

Joachim du Bellay, *Les Regrets*, 1558.

La pensée est comme un tumultueux océan chargé de glaces.

Emmanuel Kant (1724-1804)

Alors ? Ça s'est bien passé. Phrase tabarlienne entre toutes. Passer. Le verbe référent du marin. Combien d'entre eux, tel Francis Joyon après son tour du monde, ont eu ces mots dignes du plus grand Shakespeare : « La mer m'a laissé passer… » À méditer.

Yann Queffélec, *Tabarly*, © l'Archipel, 2008.

Au bord de la mer. Je n'ai pas envie de me construire une maison (et cela contribue même à mon bonheur de ne pas être propriétaire !). Mais, si j'y étais forcé, je voudrais, pareil à certains Romains, la construire jusque dans la mer – il me plairait d'avoir avec ce beau monstre quelques secrets en commun.

Frédéric Nietzsche, *Le Gai Savoir*, 1901.

Le moindre mouvement importe à toute la nature, la mer change pour une pierre.

Blaise Pascal, *Pensées*, 1904.

Quand la mer veut, elle est gaie. Aucune joie n'a l'apparence radieuse de la mer. L'océan est un épanouissement. Rien ne lui fait ombre, que le nuage, et cette ombre, d'un souffle il la chasse. À ne voir que la surface, l'océan c'est la liberté ; c'est aussi l'égalité. Sur ce niveau tous les rayonnements sont à l'aise. L'hilarité grandiose du ciel clair s'y étale. La mer tranquille, c'est une fête. Pas d'appel de sirène qui soit plus doux et plus charmant. Pas de marin qui ne soit tenté de partir. Rien n'égale cette sérénité, et toute l'immensité n'est qu'une caresse, et le flot soupire, et le récif chante [...].

Victor Hugo, *Les Travailleurs de la mer*, 1866.

Le destin est le même pour tous les passagers d'un navire, qu'ils soient maître ou journalier. Le satin n'est pas un meilleur rempart que la bure contre la noyade. Quand ils nagent tout nus pour sauver leur carcasse, les plus puissants des maîtres envient les bras musclés de leurs domestiques.

François Bellec, *L'Arbre de nuit*, © J.-C. Lattès, 2012.

Devant l'océan instituteur, l'homme conçut la danse des atomes et des tourbillons. Oui, sortant des forêts pleines de dieux, l'homme au bord de la falaise reconnut son redoutable mais fluide et maniable royaume. C'est alors qu'il osa penser.

Alain, *Les Saisons de l'esprit*, 1937.

C'est ainsi que des vagues luttent sans trêve à la surface de la mer, tandis que les couches inférieures observent une paix profonde.

Henri Bergson, *Le Rire*, 1900.

On m'objectera que la vue d'un beau ciel, le bruit de la mer qui bat ses rivages, les sons d'une symphonie de Beethoven, le silence d'une cathédrale gothique, passent généralement pour produire ce que je viens d'appeler l'*état poétique*.
[...]
Ce qui nous émeut poétiquement, ce n'est pas la sensation directe, c'est une sensation occasionnelle, oblique, en quelque sorte, engendrée par de secrètes affinités que notre imagination découvre. Vous êtes assis au bord de la mer : est-ce aux flots blanchissants et murmurants, est-ce aux oiseaux de mer qui rasent les vagues, que vous pensez là pendant des heures ? Non ; vous songez probablement aux premiers jours de votre jeunesse, à vos années écoulées, à l'incertitude de l'avenir, à Dieu peut-être, ou aux hommes. Il en est de même de l'impression causée par une œuvre d'art.

Edgar Quinet, *Ahasvérus*, 1843.

Tu dois vivre dans le présent,
te lancer au-devant de chaque vague,
trouver ton éternité à chaque instant.

Henry David Thoreau (1817-1862), *Journal.*

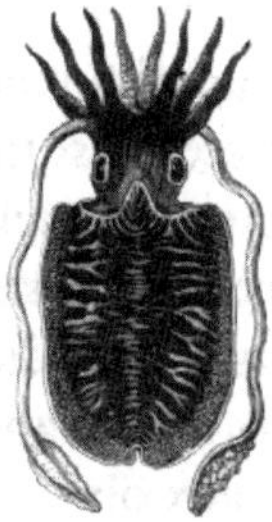

Nous allâmes en silence le long des grèves. Le ciel était sans nuages, la mer était sans rides, d'autres n'y eussent vu que deux steppes bleues l'une sur l'autre. Qui n'a pas savouré dans les plaisirs ce moment de joie illimitée où l'âme semble s'être débarrassée des liens de la chair et se trouver comme rendue au monde d'où elle vient ? Nous allions ainsi…

Honoré de Balzac, « Un drame au bord de la mer », *Études philosophiques*, tome V, 1835.

Mobilité des flots, c'est vous qui fîtes si chancelante ma pensée ! Tu ne bâtiras rien sur la vague. Elle s'échappe sous chaque poids.
Le doux port viendra-t-il, après ces décourageantes dérives, ces errements de-ci, de-là ? où mon âme enfin reposée, sur une solide jetée près du phare tournant, regardera la mer.

André Gide, *Les Nourritures terrestres*, 1897.

Jersey, 18 septembre 1854

Ainsi s'en vont mes jours.
Assis au bord des ondes,
Je contemple la mer dont les houles profondes
Ne s'arrêtent jamais, tumultueux troupeaux
Bondissant jour et nuit sans halte et sans repos ;
Et nous nous regardons, moi rêveur, elle énorme ;
Elle attend que je pleure et j'attends qu'elle dorme.

Victor Hugo, *Œuvres complètes*, tome X, 1908.

Je n'ai jamais été à Aigues-Mortes, à Saint-Rémi, aux Baux, à la source du Vaucluse. Et puis, je veux embrasser Mistral chez lui ; j'irai à Maillanne.
Chaque année, je passe trois mois au bord de la mer, au fond de ma chère Bretagne.

Ernest Renan (1823-1892), *Discours à la fête des Félibres*, à Sceaux, le 21 juin 1891.

Nous allions voir la mer. Je pris avec moi mes autorités : *La Mer* de Michelet, *La Mer* de Richepin. Frappant de petits coups sur les tranches pour en faire envoler la poussière, je me dis :
— Avec ça je suis tranquille !
J'ajoutai à ces deux livres *Les Paysans* de Balzac, pour le cas où je serais obligé de faire quelque excursion en pleine campagne, de causer avec un médecin ou un curé et d'admirer la nature.

Jules Renard, *L'Écornifleur*, 1892.

Les vagues bouillonnaient autour de nous avec une énergie dont je n'avais pas d'idée. On eût dit une immense chaudière en ébullition. Je me rappellerai toute ma vie l'impression profonde que j'éprouvais, lorsque, dans un moment de calme, j'entendis un certain nombre de voix sourdes répéter les répons d'un psaume à côté de moi…

Alexis de Tocqueville, « Voyage en Sicile », 1827.

Sous un souffle apaisé quand rit la mer sereine,
Tout mon cœur s'enhardit, et pour l'humide plaine
La terre est oubliée : ô mer, je viens à toi !

Charles-Augustin Sainte-Beuve, « Sous un souffle apaisé », *Vie, poésies et pensées de Joseph Delorme*, 1829.

Après une nuit passée dans la maisonnette de Raymond en pays bigouden, je me dirige le 7 mai vers la pointe du cap Sizun. La Bretagne s'est, ce jour-là, parée des couleurs de la Provence lorsque le Mistral souffle. Pas un nuage, les bleus dominent sans partage, céleste dans le ciel et outremer pour l'océan dont la frange

d'écume soulevée par le vent d'ouest ourle la côte rocheuse découpée en une succession de criques qu'entourent de hautes falaises. [...]
Mon itinéraire suit pendant deux jours pleins le sentier côtier nord du cap Sizun jusqu'à Douarnenez, avec un arrêt à Beuzec. Le paysage se modifie progressivement au cours de ma progression. La belle côte granitique découpée et escarpée est prolongée en mer par des îlots de toutes les formes où se rassemblent une multitude d'oiseaux.

Axel Kahn, *Entre deux mers*, © Stock, 2015.

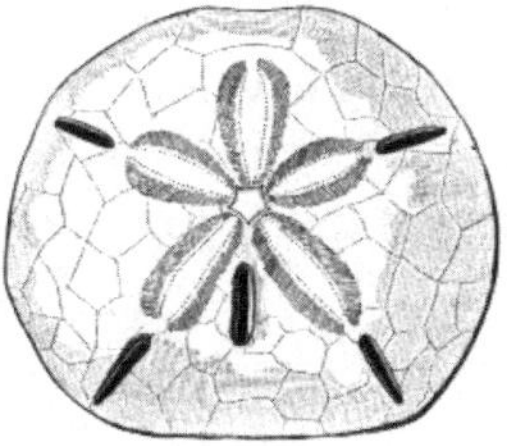

AMITIÉ D'ÉTOILES

Nous étions amis et nous sommes devenus l'un pour l'autre des étrangers. Mais cela est bien ainsi et nous ne voulons ni nous en taire ni nous en cacher, comme si nous devions en avoir honte. Nous sommes deux vaisseaux dont chacun a son but et sa route tracée : nous pouvons nous croiser, peut-être, et célébrer des fêtes ensemble, comme nous l'avons déjà fait – et ces braves vaisseaux étaient si tranquilles dans le même port, sous un même soleil, de sorte que déjà on pouvait les croire à leur but, croire qu'ils n'avaient eu qu'un seul but commun. Mais alors la force toute puissante de notre tâche nous a séparés, poussés dans des mers différentes, sous d'autres rayons de soleils, et peut-être ne nous reverrons-nous plus jamais – peut-être aussi nous reverrons-nous, mais ne nous reconnaîtrons-nous point : la séparation des mers et des soleils nous a transformés !

Friedrich Nietzsche, *Le Gai Savoir*, 1882.

Tous les fleuves se jettent dans la mer, et la mer ne regorge pas, et les fleuves reviennent au lieu d'où ils coulent pour couler encore. [...] Lance hardiment ta fortune en haute mer ; avec le temps, tu la retrouveras agrandie. Fais-en sept parts et même huit ; car tu ne sais pas quel malheur peut tomber sur la terre.

L'Ecclésiaste, traduction d'Ernest Renan, 1881.

Saint Augustin, méditant sur le mystère de la Trinité, se promène sur le bord de la mer et rencontre un petit enfant qui, équipé d'un coquillage, lui explique vouloir transvaser toute l'eau de la mer dans un petit trou qu'il a creusé dans le sable de la plage ; au saint qui s'étonne d'une entreprise aussi irréalisable, l'enfant, qui se révèle être un ange, rétorque avant de disparaître : « Cela me serait plus facile qu'à toi d'épuiser, avec les seules ressources de ta raison humaine, les profondeurs du mystère de la Trinité. »

Henri-Irénée Marrou, « Saint Augustin et l'ange, une légende médiévale », 1964.

— Le capitaine dit toujours que la vraie richesse d'un navire, c'est son équipage. Si je ne reviens pas, foutez le camp.

Jean-Sébastien Guillermou, *Les Pirates de L'Escroc-Griffe*, tome 2, « Les feux de mortifice », © Bragelonne, 2015.

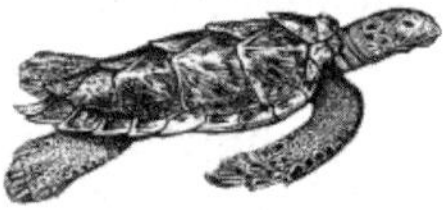

Comment avons-nous pu vider la mer ? Qui nous a donné l'éponge pour effacer l'horizon ? Qu'avons-nous fait lorsque nous avons détaché cette terre de la chaîne de son soleil ? Où la conduisent maintenant ses mouvements ? Où la conduisent nos mouvements ? Loin de tous les soleils ? Ne tombons-nous pas sans cesse ? En avant, en arrière, de côté, de tous les côtés ? Y a-t-il encore un en-haut et un en-bas ? N'errons-nous pas comme à travers un néant infini ? Le vide ne nous poursuit-il pas de son haleine ?

Friedrich Nietzsche, *Le Gai Savoir*, 1882.

Regardez encore. Ceci est la mer :
Le mouvement gigantesque et continu, une sorte d'en-avant furieux et effréné des masses, des souffles, des bruits, un tas de montagnes en fuite, ayant l'écume pour neige, une inépuisable colère des nuées contre les vagues et des vagues contre les rochers, une poussée horrible de l'ombre contre l'ombre, un cloaque de baves, un râle sans fin ;
Autans, Föhns, Borées, Aquilons, bourrasques, grains, rafales, tourmentes, raz de marées, coups d'équinoxes, barres, mascarets, ressacs, flux et reflux ; l'agitation à jamais, le bouleversement indéfini ; un dragon est noué autour du globe, et souffle et hurle ; le tumulte s'est fait monstre ; voilà la mer.
L'hymne homérique l'appelle le Fracas ;
Erispharagos. Ici la météorologie perd pied et s'évanouit ; impossible d'extraire une loi de ce tourbillon de forces en fusion. Le vent, ce sanglot des étendues, cette haleine des espaces, cette respiration de l'abîme, est-ce une force maniable à l'homme ? Les voiles qui entrent au port disent oui ; les navires qui se brisent à l'écueil répondent non.

Victor Hugo, *Préface philosophique pour* Les Misérables, 1860.

LETTRE LIII

Des maladies de l'âme. La philosophie veut l'homme tout entier.

Ce n'était pas encore la tempête, mais la mer devenait houleuse et les lames toujours plus pressées. Je prie alors le pilote de me mettre à terre quelque part. Il me répond que toute la côte est escarpée, inabordable, et que par la tempête il ne craint rien tant que la terre. Mais, trop malade pour songer au péril, torturé de ces nausées lentes et sans résultat qui remuent la bile et ne l'expulsent point, je pressai de nouveau le pilote et le forçai bon gré mal gré de gagner la côte.

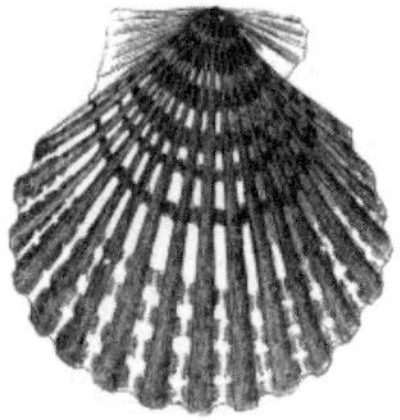

Comme nous étions près d'y toucher, sans attendre que, suivant les prescriptions de Virgile, me rappelant mon métier de nageur, mon ancienne passion pour l'eau froide, je m'élance, en amateur de bains glacés, avec mon manteau de laine. Que penses-tu que j'aie souffert à ramper sur des roches, à chercher une voie, à m'en faire une ? J'ai senti que les marins n'ont pas tort de tant craindre la terre. On ne croirait pas quelles fatigues j'ai eu à soutenir, et je ne pouvais me soutenir moi-même ! Non, Ulysse n'était pas né maudit de Neptune au point de faire naufrage à chaque pas : son vrai mal fut le mal de mer. Comme lui, vers quelque point que je navigue jamais, je mettrai vingt ans pour arriver.

Sénèque le Jeune, *Lettres à Lucilius*, 63-64 apr. J.-C.

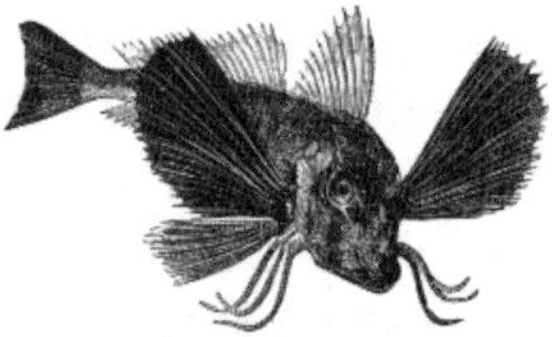

ODE XIII
ALLÉGORIE

Navire malheureux, un nouvel orage va donc t'emporter encore sur les vastes mers. Ah ! que fais-tu ! Demeure invinciblement dans le port. Ne vois-tu pas tes bancs dégarnis de rames et ton mât fracassé par le vent d'Afrique ? N'entends-tu pas gémir tes antennes, et crois-tu, sans cordages, pouvoir triompher d'une mer devenue plus terrible ? Tes voiles ne sont déjà plus que de tristes lambeaux ; il ne te reste aucun Dieu que tu puisses invoquer dans un nouveau péril.

Horace, *Odes*, 23 av. J.-C.

J'avais associé un tel sentiment d'immensité avec l'Océan que je me sentis excessivement déçu en me trouvant hors de vue de la terre, de l'étroitesse et de la proximité, semblait-il du cercle de l'horizon. Les images sont si peu capables de satisfaire les sentiments obscurs liés aux mots.

Samuel Taylor Coleridge, *L'Ami*, 1818.

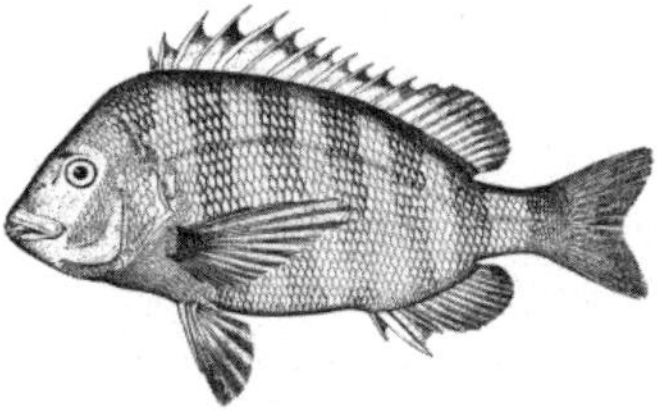

Lorsqu'on regarde sa vie passée, on croit voir sur une mer déserte la trace d'un vaisseau qui a disparu.

François-René de Chateaubriand,
Mémoires d'outre-tombe, 1860.

Plus tard, quand je retrouverai la seule liberté qui me manque, celle d'aller voir la mer chaque soir, je chercherai peut-être une de ces coques à quille longue que je caresse de l'œil. Je poncerai, je vernirai, je surveillerai les épissures, je traquerai la moindre bernique égarée. En attendant, je ne me prive pas d'un jour sur l'eau. Et je songe que vieillir comporte, aussi, des promesses. Des promesses qu'on traîne depuis l'enfance et qu'on a peur de ne pas tenir : retourner à la mer avant de retourner à la terre.

[...]

Le pays dont je me réclame, dont je suis excessivement absent, n'est pas (uniquement) un berceau ni une matrice.

C'est une côte.

C'est un fragment de terre que la mer dessine, creuse et modifie.

Hervé Hamon, *Besoin de mer*, © Seuil, 1997.

16 avril 1908

— J'ai une envie de partir, par ce soleil, d'aller n'importe où, tiens, à Barfleur. Demain matin, je file. Fais-moi mon baluchon, hein ? Dis ! Marinette, fais-moi mon baluchon.

Jules Renard, *Journal 1887-1910.*

J'entends dans la douleur le commandement du capitaine de vaisseau : « Amenez les voiles ! » L'intrépide navigateur « homme » doit s'être exercé à diriger les voiles de mille manières, autrement il en serait trop vite fait de lui, et l'océan bientôt l'engloutirait. Il faut aussi que nous sachions vivre avec une énergie réduite aussitôt que la douleur donne son signal de sûreté, il est temps de la réduire, quelque grand danger, une tempête se prépare et nous agissons prudemment en nous « gonflant » aussi peu que possible.

Friedrich Nietzsche, *Le Gai Savoir*, 1882.

Analogies vertigineuses ! il neige sur le haut des montagnes, il pleut sur le fond de l'océan. Seulement ce qui neige en haut des montagnes, c'est de la mort ; ce qui pleut au fond de la mer, c'est de la vie.

Victor Hugo, *Préface philosophique pour* Les Misérables, 1860.

[…] – enfin l'horizon nous semble de nouveau libre, en admettant même qu'il ne soit pas clair, enfin nos vaisseaux peuvent de nouveau mettre à la voile, voguer au-devant du danger, tous les coups de hasard de celui qui cherche la connaissance sont de nouveau permis ; la mer, *notre* pleine mer, s'ouvre de nouveau devant nous, et peut-être n'y eut-il jamais une mer aussi « pleine ».

Friedrich Nietzsche, *Le Gai Savoir*, 1882.

La mer, qui est toute eau, reçoit pourtant la pluie encore, et ajoute abondamment à ses réservoirs : ainsi toi, riche de désir, ajoute à tes désirs la goutte du mien, et élargis ton caprice.
Ne te laisse pas accabler par tant de tentations, bonnes ou mauvaises : confonds-les toutes en une, et aime Will dans ce désir unique.
[…]
Mais puisque votre perfection, vaste comme l'Océan, peut porter la plus humble comme la plus fière voile, ma barque impertinente, bien inférieure à la sienne, se hasarde volontiers sur votre immensité.
Votre plus mince appui suffit à me tenir à flot, tandis qu'il vogue sur votre abîme insondable.
Si je naufrage, je ne suis qu'un mauvais bateau ; lui, il est de haut bord et de grandiose voilure.
Si donc il réussit et si je chavire, mon pire malheur aura été de périr par amour.

William Shakespeare, *Sonnets*, 1609.

5

Navigateurs, aventuriers et voyageurs

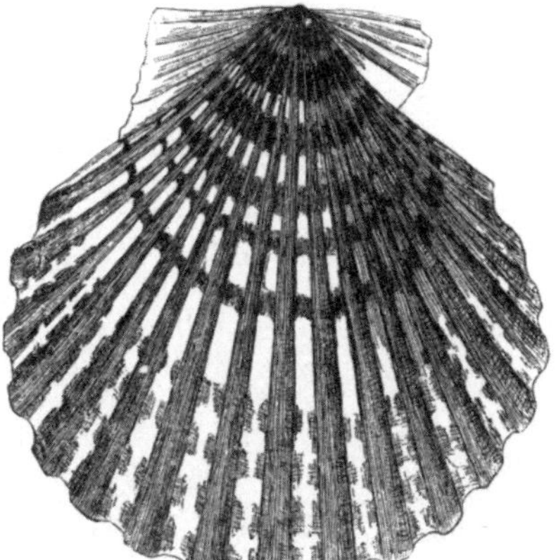

Vent, mer, bateau et voiles, un tout compact et diffus, sans commencement ni fin, partie et tout de l'Univers, mon univers à moi, bien à moi. Je regarde le soleil se coucher, je respire le souffle du large, je sens mon être s'épanouir et ma joie vole si haut que rien ne peut l'atteindre. Quant aux autres questions, qui me troublaient parfois, elles ne pèsent pas un gramme face à l'immensité d'un sillage tout près du ciel et plein vent de la mer, que ne peuvent perturber les petits mobiles habituels.

Bernard Moitessier, *La Longue Route*, © Arthaud, 1971.

Sous la mer chaque regard est comme dérobé à un monde interdit et provoque un choc émotionnel que je ressens, intact, à chacune de mes plongées…

Jacques-Yves Cousteau/Frédéric Dumas, *Le Monde du silence*, © Robert Laffont, 1978.

En octobre 2011, au large du cap Corse, Florence Arthaud tombe en pleine nuit, sans gilet de sauvetage, dans une mer à 17 °C. Elle regarde impuissante son bateau s'éloigner avec son chat Bylka à bord. Par chance, elle a encore sa lampe frontale et, pour une fois, son portable étanche est dans sa poche. Florence téléphone à sa mère, me téléphone aussi. Son frère alerte les secours. Elle pense que la mer, sa raison de vivre, va devenir son tombeau. Elle pense à sa fille Marie et aux dramatiques disparitions de ses amis Tabarly et Caradec. Grâce à son portable, elle est finalement géolocalisée. Moins de trois heures plus tard, elle est secourue par le CROSS (Centre régional opérationnel de surveillance et de sauvetage) de Corse. Un tel dénouement, dans ces conditions, n'est jamais arrivé à qui que ce soit avant elle.

Kaya Lokay, *Florence Arthaud secrète*, © L'Archipel, 2023.

Le destin est le même pour tous les passagers d'un navire, qu'ils soient maître ou journalier. Le satin n'est pas un meilleur rempart que la bure contre la noyade. Quand ils nagent tout nus pour sauver leur carcasse, les plus puissants des maîtres envient les bras musclés de leurs domestiques.

François Bellec, *L'Arbre de nuit*, © J.-C. Lattès, 2012.

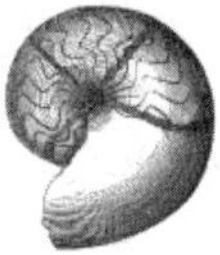

Son almanach n'est pas celui des prophètes ou des muses, mais bien du marin breton dans sa bougeotte universelle, bédouin du flot errant, campeur ici, campeur là, sur le départ, toujours : l'ailleurs, retour de fortune, la partance au bout du môle, la ligne d'espoir à tracer. […]
Ce grand amour qu'il éprouvait ne se laissait pas épouser. Lui non plus, d'ailleurs, outré que pour accomplir sa nature océanique, et en vivre, on lui demandât de choisir un métier.

Yann Queffélec, *Tabarly*, © L'Archipel, 2008.

L'estomac complètement à l'envers, malade à crever, trempée, frigorifiée, pleurant de douleur et de panique, j'ai l'impression de n'être plus rien, je voudrais pouvoir me cacher, disparaître tout de suite. La douleur m'étouffe, je supplie d'une voix rauque :
« Tire-moi de cette galère, je t'en prie, je n'en peux plus. Tu ne vas pas craquer, hein, Pilot, tu tiens bon ? »

Maud Fontenoy, *Atlantique face nord. Première féminine à la rame*, © Robert Laffont, 2004.

Le jour où je vais disparaître, j'aurai été poli avec la vie car je l'aurai bien aimée et beaucoup respectée. Je n'ai jamais considéré comme chose négligeable l'odeur des lilas, le bruit du vent dans les feuilles, le bruit du ressac sur le sable lorsque la mer est calme, le clapotis. Tous ces moments que nous donne la nature, je les ai aimés, chéris, choyés. Je suis poli, voilà. Ils font partie de mes promenades et de mes étonnements heureux sans cesse renouvelés.

Olivier de Kersauson, *Promenades en bord de mer et étonnements heureux*, © le cherche midi, 2016.

Parallèlement au 420, mon père a besoin de nous pour naviguer sur son Armagnac. Les entraînements sont rythmés par quinzaine : un week-end à la Trinité-sur-Mer – port d'attache de *Mervent* –, le suivant à Concarneau sur d'autres bateaux (de types Super Arlequin, Surprise, First Class 8…). C'est ainsi, à force de naviguer, libres, sans entraves et sans personne non plus pour nous enseigner réellement la mer et la régate, qu'Hubert et moi avons tout appris.
Après le Vendée Globe 2008, Henri Desjoyeaux, père de Michel et d'Hubert (entre autres), émit une théorie que je tiens en haute estime. La vraie question qu'a posée le tour du monde en solitaire fut la suivante ; pourquoi, à un moment donné, y avait-il Michel, Roland Jourdain, Vincent Riou et moi en tête, uniquement des garçons de la région ? Pourquoi, sur trente navigateurs au départ étions-nous ainsi devant ? Avec son recul, Henri Desjoyeaux nous déclara peu après l'arrivée : « Moi, je sais pourquoi ! Parce que vous avez appris seuls. Vous avez compris ce que vous avez appris. »

Jean Le Cam, *Toutes voiles dehors*, © Solar, 2021.

Par-delà le rêve, les grands voiliers n'offrent souvent qu'une vie rude et austère où la liberté individuelle ne peut être conçue que comme la liberté du choix des contraintes. Mais on y apprend une chose importante : les récompenses que l'on retire de ce type d'existence sont à l'exacte mesure de ce que l'on y met soi-même.

Valérie Labadie, *Patrice Franceschi et La Boudeuse*, © Seuil, 2015.

On ne peut découvrir de nouvelles terres sans consentir à perdre la rive de vue pendant longtemps. Levez l'ancre et prenez la mer. Lancez-vous, sentez le vent qui souffle dans votre dos. Fixez le regard sur l'horizon. Ou restez sur la berge. Mais choisissez.

André Gide, *Les Faux-Monnayeurs*, 1925.

J'imagine, je pars, je reviens. Ma tête ignore où va la mer au-delà du cercle des choses visibles : après c'est un miroir labyrinthique où se réfléchissent l'imagination pure de l'enfant, ses mythologies floues, ses rois nus, ses îles sous le vent, ses perroquets pince-sans-rire, ses naufragés mangeurs d'ananas, encagés dans l'œil d'un océan vide.

Yann Queffélec, *Tabarly*, © L'Archipel, 2008.

Les anciens Grecs ajoutèrent à la vénération du réel la puissance de leur imaginaire. Sur la mer éclairée par les mythes et les méduses, il y eut un miracle, voilà trois millénaires. Des hommes prirent une décision : ne plus jamais assister à un spectacle naturel sans y associer la présence d'un dieu.

« La Grande Odyssée de Sylvain Tesson dans le sillage d'Ulysse », *Le Figaro Magazine*, 10 avril 2020.

Les premiers navigateurs n'avaient pour se guider dans leurs expéditions, le jour, que l'observation du soleil et, la nuit, que celle des étoiles. De là, pour eux, privés d'ailleurs de toutes les ressources que les progrès de l'astronomie ont mises aujourd'hui entre les mains des observateurs, le danger de s'écarter des côtes, et l'impossibilité presque absolue de s'aventurer en pleine mer.

Louis Ernault et Ernest Jaubert, *La Conquête de la mer*, 1895.

Les extravagantes embardées du *Nan-Shan* témoignaient de sa lamentable impuissance. Il tanguait, il piquait du nez dans le vide et semblait, à chaque plongée, rencontrer quelque mur où cogner. Le roulis le couchait sur le flanc, et pour reprendre son aplomb, c'était un soubresaut si éprouvant que Jukes le sentait chanceler comme chancelle un homme qu'un coup de massue vient d'estourbir. La tempête geignait, piaulait, se démenait, gigantesque dans les ténèbres, comme si le monde entier n'eût été qu'un égout noir.

Joseph Conrad, *Typhon*, 1903.

Habitué du chantier, Éric en apprécie l'odeur de bois tranché, raboté, percé, scié, coulé, réduit en copeaux, en poudre, façonné en bateau. Il en apprécie la chaude atmosphère d'entreprise familiale, ritale, ces murs où l'on casse la croûte entre les voiliers en construction, où chacun peut donner un coup de main.

Yann Queffélec, *Tabarly*, © L'Archipel, 2008.

Celui qui attend que tout danger soit écarté pour mettre les voiles, ne prendra jamais la mer.

Thomas Fuller (1608-1661)

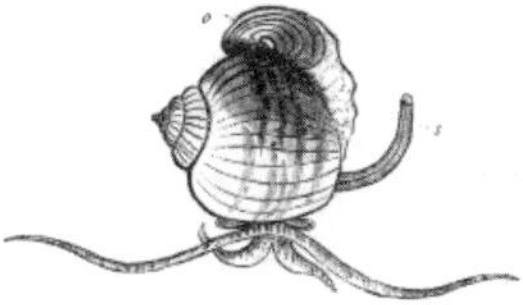

Un jour de janvier 1824, Garibaldi, il avait alors 15 ans, embarqua comme mousse sur le brigantin *Costanza*, et gardera à jamais dans sa mémoire cet instant magique : « Comme tu étais belle *Costanza*, mon premier navire du premier voyage lointain. Quand tu apparus dans le port Lympia, le soleil drapait tes flancs, et ta mâture fine se perdait dans le ciel. Le buste plantureux de femme qui allongeait ta proue complétait ta fière allure. Tes intrépides marins ligures te dédiaient leurs plus beaux chants d'amour. Penché à la fenêtre de la maison, face au port, je regardais ainsi le bateau sur lequel j'allais embarquer. Pendant ce temps, ma mère, préparait mon trousseau de voyage en pleurant. »
Mamma Rosa ne voyait plus l'enfant, mais déjà l'homme, qui s'éloignait de la maison.

« Me voilà à bord du premier navire en partance pour le lointain, notait Giuseppe dans son carnet. Certains travaux sont rudes, mais c'est ainsi l'apprentissage de la vie et du travail. Le mousse doit laver le pont, grimper aux mâts pour hisser les voiles, coudre les déchirures…

J'ai toujours été un excellent nageur et j'appris la gymnastique en grimpant sur les haubans et en me faisant glisser le long des cordages. »
Le bateau battait pavillon russe, l'équipage était italien. Ce premier voyage sans son père devait le conduire sur la mer Noire, à Odessa et à Taganrog, port russe proche de Rostov, sur la mer d'Azov. C'était une route maritime qu'il empruntera souvent par la suite. Toutes les nationalités se croisaient dans ces ports. [...] Le capitaine est le meilleur des capitaines. Il s'appelait Angelo Pesante, originaire de San Remo. Un ami de mon père. »
Le *Costanza* chargeait du blé, produit à très bon prix dans les vastes plaines d'Ukraine, à destination des ports de Nice et de Marseille. Beaucoup d'autres bateaux faisaient cette route pour le compte des grands ports de la Méditerranée. Dans la vie à bord, la préoccupation majeure du jeune Garibaldi était l'apprentissage pratique de la navigation, et du commandement. Guidé par le capitaine, le jeune Garibaldi lisait sur de vieux livres un peu déchirés, des traités d'astronomie...

Ces précieuses lectures et son caractère indépendant l'aideront à préparer seul le brevet de capitaine de Marine.

Luciano Melis, *Garibaldi, mon héros*, © éditions Melis, 2008.

La vie sur l'océan est une vie du présent. Foin du passé. Le futur proche est déterminé uniquement par la couleur du ciel, l'arrivée des nuages et la modification du vent. [...]
On ne s'impose pas sur la mer, on passe simplement sur la pointe des pieds, un peu comme dans la vie.
Naviguer, c'est frôler sans cesse le corps onctueux d'une déesse qui, alors, est interminable. La mer lamée de mauve, c'est sa peau où la coque s'introduit. C'est d'un érotisme subtil, onirique, étrange et secret.

Olivier de Kersauson, *Le Monde comme il me parle*, © le cherche midi, 2013.

Les conquérants

Comme un vol de gerfauts hors du charnier
[natal,
Fatigués de porter leurs misères hautaines,
De Palos de Moguer, routiers et capitaines
Partaient, ivres d'un rêve héroïque et brutal.

Ils allaient conquérir le fabuleux métal
Que Cipango mûrit dans ses mines lointaines,
Et les vents alizés inclinaient leurs antennes
Aux bords mystérieux du monde Occidental.

Chaque soir, espérant des lendemains épiques,
L'azur phosphorescent de la mer des Tropiques
Enchantait leur sommeil d'un mirage doré ;

Ou penchés à l'avant des blanches caravelles,
Ils regardaient monter en un ciel ignoré
Du fond de l'Océan des étoiles nouvelles.

José-Maria de Heredia, *Les Trophées*, 1893.

[…] Alors la déesse, me prenant par la main et me tirant à l'écart loin de mes guerriers, me fait asseoir à ses côtés ; elle m'interroge, me demande ce qui m'est arrivé pendant mon voyage, et moi je lui raconte tout avec détail. Puis l'auguste Circé me tient ce discours :

« Ulysse, toutes ces choses se sont donc passées ainsi. Maintenant écoute-moi, et plus tard un dieu te rappellera le souvenir de mes paroles. – D'abord tu rencontreras les Sirènes, séductrices de tous les hommes qui s'approchent d'elles : celui qui, poussé par son imprudence, écoutera la voix des Sirènes, ne verra plus son épouse ni ses enfants chéris qui seraient cependant charmés de son retour ; les Sirènes couchées dans une prairie captiveront ce guerrier de leurs voix harmonieuses. Autour d'elles sont les ossements et les chairs desséchées des victimes qu'elles ont fait périr. […]

Fuis ces bords et bouche les oreilles de tes compagnons avec de la cire molle, de peur qu'aucun d'eux ne les entende. Toi-même, si tu le désires, tu pourras écouter les Sirènes, mais laisse-toi auparavant attacher les pieds et les mains au

mât de ton navire rapide ; laisse-toi charger de liens, afin que tu puisses te réjouir en écoutant la voix de ces Sirènes enchanteresses. Si tu implores tes guerriers, si tu leur ordonnes de te délier, qu'ils te retiennent alors par de nouvelles chaînes.

Homère, *L'Odyssée.*

La terre ne m'intéresse pas du tout. Sauf quand elle est frangée par la mer, alors elle est belle : un champ de blé agité par les brises marines où se mêlent l'odeur du blé qui est en train de mûrir et l'air frais qui vient de la mer, ça, c'est extraordinaire. [...]
Prendre la mer, c'est tout sauf une fuite, c'est au contraire une discipline et une contrainte. Décider d'aller chevaucher les vagues, c'est une conquête, et pour conquérir, il faut partir.

Olivier de Kersauson, *Ocean's Songs*, © le cherche midi, 2008.

Tu ne leur dis pas, aux journalistes, mais des bateaux fantômes, tu en as vu, dans tes courses, quand dans la nuit tu regardais au-delà du regard. À bout de forces, tu gardais ta cigarette jusqu'à ce qu'elle commence à te consumer les doigts. La brûlure de la braise te ramenait à la veille. Ne pas dormir. Alors tu parlais seule, tu criais seule, tu hurlais au-delà des bourrasques, par-dessus les murs de vagues. Tu hurlais ton désir de vivre. Ton désir de combattre encore. De revenir à terre. En vie.

Kaya Lokay, *Florence Arthaud secrète*, © L'Archipel, 2023.

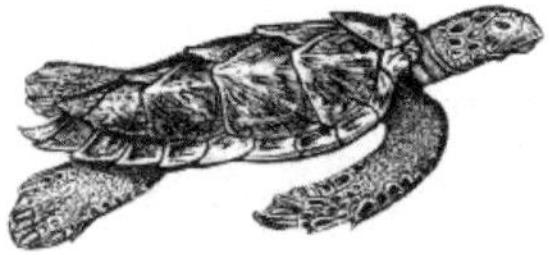

— Oh ! d'en bas ! Oh ! cria la vigie de misaine.
— Holà ! répondit le contremaître du gaillard d'avant en dirigeant ses regards vers les barres du petit perroquet où était l'homme qui avait appelé.
— Navire ! crie de nouveau la vigie.
— Où ?
— Sous le vent à nous par le bossoir de bâbord, quasi sous le soleil.
— Où gouverne-t-il ? reprit le contremaître.
— Au Nord !
— Est-il gros ? Regarde bien avant de répondre.
— Très gros !
[…] Là, il s'installe solidement à cheval sur les traversins pour étudier soigneusement la voile en vue. Sur le pont, l'équipage est groupé, anxieux et attentif, regardant tour à tour le navire signalé et le capitaine, dont il attend les paroles avec une fiévreuse impatience.
— Laisse arriver, mettez le cap-dessus ! s'écrie Surcouf en passant sa longue-vue à M. Drieux, auquel il avait fait signe de venir le rejoindre. Aussitôt les hommes du pont se mettent à pousser des cris de joie et à faire un charivari infernal. Réveillés par ce tapage, les marins qui

avaient fait le quart de nuit et dormaient encore quittent à la hâte leurs hamacs et se présentent à l'ouverture des panneaux. On s'interroge, on se bouscule, on se presse en montant au gréement, chacun veut voir. Officiers, maîtres, matelots expriment tumultueusement leur opinion sur le bâtiment en vue; ils constatent que c'est un navire à dunette, long, élevé sur l'eau, à la mâture espacée; bref, suivant l'avis général, ce doit être un vaisseau de guerre de la Compagnie des Indes qui court toutes voiles dehors dans la direction du corsaire.

[…] Surcouf, descendu un instant de son observatoire, confie le commandement au second capitaine, Drieux, et remonte de nouveau sur les barres de perroquet. Ses yeux sont rivés sur la voile en vue qui grandit rapidement, *la Confiance* courant rapidement au-devant d'elle. L'ennemi lui paraît bien fort, mais sa détermination est prise; il ne consultera pas son état-major, qui pourrait essayer de le dissuader d'attaquer un si redoutable adversaire, et sous sa responsabilité personnelle il se décide à combattre.

Tout à coup, la voix de Surcouf descend des hauteurs où il est placé. « Tout le monde sur le pont, dit-il ; toutes voiles dehors ! » Puis après un instant de silence il reprend : « Du café, du rhum, du *bishop* (mélange alcoolisé composé de rhum, vin rouge, jus d'orange, jus de citron, sucre), faites rafraîchir l'équipage !… – Branle-bas général de combat ! » ajoute-t-il d'une voix éclatante.

Robert Surcouf, *Un Corsaire malouin*, 1890.

L'été, les Tabarly partent en croisière sur l'Annie.
On ne traverse pas les océans, on longe les côtes bretonnes, un exercice nautique autrement périlleux que mettre cap à l'ouest vers la Caraïbe.

Yann Queffélec, *Tabarly*, © L'Archipel, 2008.

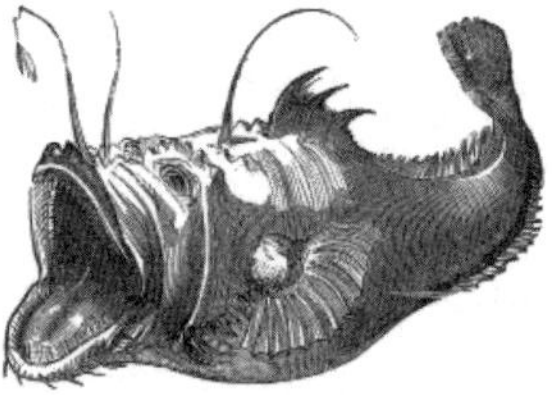

Ivre de joie, empoigné par la vie, je vole maintenant au milieu des étoiles. Mon cœur et mes mains contiennent ensemble l'unique solution… tellement lumineuse, tellement évidente, tellement énorme qu'elle en devient transcendante. Le tour du monde sans escale par les trois caps.
Mais cette fois, je partirai seul vers ce combat qui sera le plus grand de ma vie.

Bernard Moitessier, *La Longue Route*, © Arthaud, 1971.

6

Les poètes

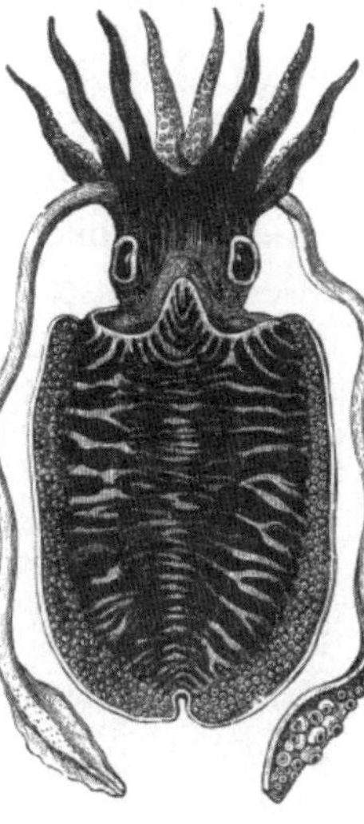

La mer, toujours si douce, aimable adolescente,
Robe de cachemire au pavot tournoyé,
Méduse perruquière à jamais renaissante,
La mer mâche le fer, lustre l'os du noyé.

Jacques Audiberti, « La Mer », © NRF, novembre 1942.

La Fleur des eaux

L'air est plein d'une odeur exquise de lilas,
Qui, fleurissant du haut des murs jusques en bas,
Embaument les cheveux des femmes.
La mer au grand soleil va toute s'embraser,
Et sur le sable fin qu'elles viennent baiser
Roulent d'éblouissantes lames.

Maurice Bouchor (1855-1929), *Poème de l'amour et de la mer.*

Flots vivants, qui toujours l'étreignant de leurs
[plis,
La balancent, branlante, à leur vaste roulis,
Font tout changer de place et, sur ses hautes
[zones,
Comme des escabeaux font chanceler les trônes,
Si bien que tous les rois, cessant leurs vains
[débats,
Lèvent les yeux au ciel… Rois! regardez en bas!
— Ah! Le peuple! – océan! – Onde sans cesse
[émue,
Où l'on ne jette rien sans que tout ne remue!
Vague qui broie un trône et qui berce un
[tombeau!

Victor Hugo, *Hernani*, acte IV, scène 2, 1830.

Homme libre, toujours, tu chériras la mer !
La mer est ton miroir ; tu contemples ton âme
Dans le déroulement infini de sa lame,
Et ton esprit n'est pas un gouffre moins amer.
[…]
Vous êtes tous les deux ténébreux et discrets :
Homme, nul n'a sondé le fond de tes abîmes ;
Ô mer, nul ne connaît tes richesses intimes,
Tant vous êtes jaloux de garder vos secrets !

Charles Baudelaire, « L'homme et la mer », *Les Fleurs du mal*, 1857.

Oh ! combien de marins, combien de capitaines
Qui sont partis joyeux pour des courses
[lointaines,
Dans ce morne horizon se sont évanouis !
Combien ont disparu, dure et triste fortune !
Dans une mer sans fond, par une nuit sans lune,
Sous l'aveugle océan à jamais enfouis !

Victor Hugo, « Oceano Nox », *Les Rayons et les Ombres*, 1840.

La tempête a béni mes éveils maritimes.
Plus léger qu'un bouchon j'ai dansé sur les flots
Qu'on appelle rouleurs éternels de victimes,
Dix nuits, sans regretter l'œil niais des falots!
[...]
Et dès lors je me suis baigné dans le Poème
De la Mer, infusé d'astres et lactescent,
Dévorant les azurs verts; où, flottaison blême
Et ravie, un noyé pensif parfois descend.

Arthur Rimbaud, « Le Bateau ivre », *Reliquaire*, 1891.

[...]
La mer m'a chanté l'aventure,
L'espace, la vie au grand air.
Je suis un goéland de mâture,
Un goéland, fils de la mer!

Et si, dans ma chanson bretonne,
Un souffle passe, large et fier,
C'est qu'en moi gémit, hurle et tonne.
L'âme innombrable de la mer.

Anatole Le Braz, *La Chanson de la Bretagne*, 1892.

— Allez : à bord, chez eux, ils ont leur poésie !
Ces brutes ont des chants ivre d'âme saisie
Improvisés aux quarts sur le gaillard d'avant…
— Ils ne s'en doutent pas, eux, poème vivant.
[…]
… Et la *Mary-Gratis*, en flibustant l'écume,
Bordant le lit du vent se gîte dans la brume.
Et le grand flot du large en sursaut réveillé
À terre va bâiller, s'étirant sur le roc :
Roul' ta bosse, tout est payé
Hiss' le grand foc !

Tristan Corbière, « Gens de mer », *Les Amours jaunes*, 1873.

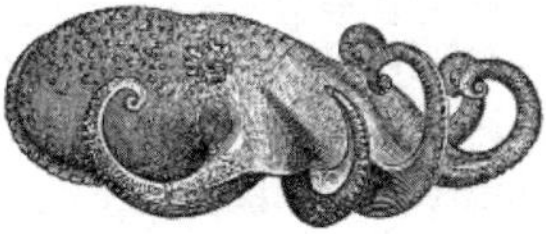

L'océan a jeté son manteau bleu de roi
Il est sauvage et nu maintenant dans l'effroi
De ce qui vit. Mais lui défie à la tempête
Qui chante et chante et chante ainsi qu'un grand
[poète.

Guillaume Apollinaire, « L'assassin », *Alcools*, 1913.

Le mot *fée* signifie autre chose. C'est une qualité du réel révélée par une disposition du regard. Il y a une façon d'attraper le monde et d'y déceler le miracle. Le reflet revenu du soleil sur la mer, le froissement du vent dans les feuilles d'un hêtre, le sang sur la neige et la rosée perlant sur une fourrure de bête : là sont les fées.
On regarde le monde avec déférence.

Sylvain Tesson, *Avec les fées*, © Éditions des Équateurs, 2024.

Rien n'est joué, sur ces promontoires, du grand mouvement tellurique, d'où leur teneur en magie. Coups de lame en un même océan ou lignes de clivage entre deux mers contraires, points véliques des portulans sur la route des épices, ils nous parlent, au vent de l'Histoire, de naufrages et de conquêtes pour les essaims de caravelles et les armadas de galions.
Au quotidien, ils disent la vie terraquée des bergers-pêcheurs, [...]

Luciano Melis, « Finis terrae », *Jean Orizet, le voyageur de l'entretemps*, © éditions Melis, 2003.

Que vois-tu, qu'entends-tu, depuis le temps
[lointain
De l'heure éblouissante
Où tu berçais sur toi, dans l'insigne matin,
Aphrodite naissante.
Et la mer dit « Je vois, par les jours et les nuits,
Autour des terres rondes,
L'amour cruel et doux, pareil à moi qui suis
Le cœur mouvant du monde. »

Anna de Noailles, « Le dialogue marin », *L'Ombre des jours*, 1902.

La mer, la mer, toujours recommencée !
Ô récompense après une pensée
Qu'un long regard sur le calme des dieux !

Paul Valéry, « Le Cimetière marin », 1920.

Croisière du Spitzberg du 6 au 18 août 1983

La pièce qu'on donnait s'intitulait « Spitzberg »
Elle n'avait, dit-on, pas de durée précise
Elle commença par un tout petit iceberg
Et la fin se perdit dans l'immense banquise.

Je reviendrai un jour au Théâtre Mermoz
Au Théâtre du Nord en décor bleu et blanc
Écouter la musique des métamorphoses
La ballade des fjords et la chanson du vent
Revoir passer le temps par-dessus mon épaule
Comme un grand trait de feu au bord de l'océan
Et sentir la présence du grand premier rôle
Le Pôle Nord invisible et pourtant écrasant.

Pierre Delanoë, « Au théâtre Mermoz », *D'humeur et d'humour*, © éditions Melis, 2002.

La mer
Qu'on voit danser
Le long des golfes clairs
A des reflets d'argent
La mer
Des reflets changeants
Sous la pluie

La mer
Au ciel d'été confond
Ses blancs moutons
Avec les anges si purs
La mer
Bergère d'azur
Infinie

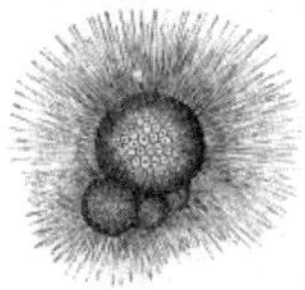

Souvent, pour s'amuser, les hommes d'équipage
Prennent des albatros, vastes oiseaux des mers,
Qui suivent, indolents compagnons de voyage,
Le navire glissant sur les gouffres amers.

Baudelaire, « L'Albatros », *Les Fleurs du mal*, 1857.

Murmure autour de ma nacelle,
Douce mer dont les flots chéris,
Ainsi qu'une amante fidèle,
Jettent une plainte éternelle
Sur ces poétiques débris.

Que j'aime à flotter sur ton onde.
À l'heure où du haut du rocher
L'oranger, la vigne féconde,
Versent sur ta vague profonde
Une ombre propice au nocher !

Alphonse de Lamartine, « Adieux à la mer », *Nouvelles Méditations poétiques*, 1823.

Si éclatante à déchiffrer
Comme l'étoile saisonnière
Au plus haut mât

Tu commences d'aimer
Au grand large à l'infini
Et la côte t'indiffère

Ni la bonace ni la tempête
Ne te détourne du voyage
Tu es la cime et le tréfonds

André Verdet, *Le Fruit et le Noyau*, © Seghers, 1955.

Ô Capitaine ! mon Capitaine !
fini notre effrayant voyage,
Le bateau a tous écueils franchis,
le prix que nous quêtions est gagné,
Proche est le port, j'entends les cloches,
tout le monde qui exulte

Walt Whitman, « Ô Capitaine ! Mon Capitaine ! »,
Feuilles d'herbe, 1922.

Vers les docks où le poids et l'ennui
Me courbent le dos
Ils arrivent le ventre alourdi
De fruits les bateaux

Ils viennent du bout du monde
Apportant avec eux
Des idées vagabondes
Aux reflets de ciels bleus
De mirages

Traînant un parfum poivré
De pays inconnus
Et d'éternels étés
Où l'on vit presque nus
Sur les plages

Moi qui n'ai connu toute ma vie
Que le ciel du nord
J'aimerais débarbouiller ce gris
En virant de bord

Emmenez-moi au bout de la terre
Emmenez-moi au pays des merveilles
Il me semble que la misère
Serait moins pénible au soleil

« Emmenez-moi », paroles et musique de Charles Aznavour, © Éditions musicales Djanik.

La mer n'est plus terne,
Le soleil renaît.
Car voici le sterne
Et le martinet.
Leurs pattes à peine
Se voient à leur flanc.
Leur dos est d'ébène,
Et leur ventre blanc.
Leur vol qui zigzague
Fuit, capricieux,
Du ras de la vague
Au plus haut des cieux,

Jean Richepin, « Les hirondelles de mer », *La Mer*, 1894.

Il se sera perdu le navire archaïque
Aux mers où baigneront mes rêves éperdus;
Et ses immenses mâts se seront confondus
Dans les brouillards d'un ciel de Bible et de
[Cantiques.

Et ce ne sera pas la Grecque bucolique

Qui doucement jouera parmi les arbres nus;
Et le Navire Saint n'aura jamais vendu
La très rare denrée aux pays exotiques.

Il ne sait pas les feux des havres de la terre
Il ne connaît que Dieu, et sans fin, solitaire
Il sépare les flots glorieux de l'Infini.

Le bout de son beaupré plonge dans le mystère;
Aux pointes de ses mâts tremble toutes les nuits
L'Argent mystique et pur de l'étoile polaire.

Antonin Artaud, « Le Navire mystique », *Revue du Collège du Sacré-Cœur*, Marseille, 1913.

L'Armorique

Ils avaient traversé la Gaule tout entière
Fuyant l'Alpe et sa neige et l'âpreté des Monts,
Le fleuve et la rivière en leurs roulants limons
Pour atteindre, joyeux, l'atlantique frontière

Et, tous, ils se grisaient de l'odeur forestière
Des pins verts au tronc roux qui gonflait leurs
[poumons,
Du brême de la mer, des âpres goémons
Et de ce goût de sel dans l'humide poussière

Thalassa ! Thalassa ! Ce fut aussi leur cri
Auquel, des rocs bretons, répondaient les Kimri
Qui plantaient leurs dolmens aux côtes
[d'Armorique…

Tandis qu'en la forêt au lunesque décor
Le druide choisissant le chêne plus antique
Coupait le gui sacré de sa faucille d'or !

Jean d'Arvor, « Les Celtes », *in* Patrick Poivre d'Arvor, *L'Appel ardent de Jean d'Arvor*, © éditions Melis, 2011.

L'Océan sonore
Palpite sous l'œil
De la lune en deuil
Et palpite encore,

Tandis qu'un éclair
Brutal et sinistre
Fend le ciel de bistre
D'un long zigzag clair,

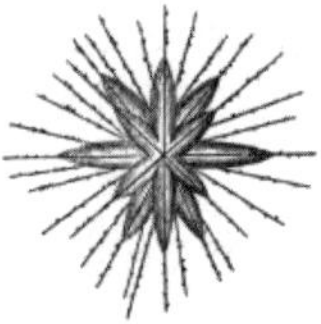

Et que chaque lame,
En bonds convulsifs,
Le long des récifs
Va, vient, luit et clame,

Et qu'au firmament,
Où l'ouragan erre,
Rugit le tonnerre
Formidablement.

Paul Verlaine, « Marine », *Poèmes saturniens*, 1866.

[…]
J'entends le vent dans l'air, la mer sur le récif,
L'homme liant la gerbe mûre ;
J'écoute, et je confronte en mon esprit pensif
Ce qui parle à ce qui murmure ;

Et je reste parfois couché sans me lever
Sur l'herbe rare de la dune,
Jusqu'à l'heure où l'on voit apparaître et rêver
Les yeux sinistres de la lune. […]

Et je pense, écoutant gémir le vent amer,
Et l'onde aux plis infranchissables ;
L'été rit, et l'on voit sur le bord de la mer
Fleurir le chardon bleu des sables.

Victor Hugo, « Paroles sur la dune », *Les Contemplations*, 1856.

Le crépuscule

Sur le pâle rivage de la mer je m'assis rêveur et solitaire. Le soleil déclinait et jetait des rayons ardents sur l'eau, et les blanches, larges vagues, poussées par le reflux, s'avançaient écumeuses et mugissantes. [...] – Il me semblait ouïr les récits du vieux temps, les charmants contes des féeries qu'autrefois, tout petit encore, j'entendais raconter aux enfants du voisinage alors que, par une soirée d'été, accroupis sur les degrés de pierre de la porte, nous écoutions en silence le narrateur, avec nos jeunes cœurs attentifs et nos yeux tout ouverts par la curiosité, pendant que les grandes filles, assises à la fenêtre au-dessus de nous, près des pots de fleurs odorantes, et semblables à des roses, souriaient aux lueurs du clair de lune.

Heinrich Heine (1797-1856), « La Mer du Nord », *Poèmes et Chants*, 1855.

Tout au fond de la grotte,
sur un flanc de rocher,
l'eau de la mer du bleu
bramant au noir lourd
et luisant,
quelques phoques attendaient,
gros fruits mornes déposés,
oublieux des vertiges,
et ma barque était coque
clapotis,
écho vague.

Daniel Gélin, « Rochers d'Eilat », *Passeports délayés*, © éditions Melis, 2005.

Les flots s'agitaient et mugissaient ; le soleil versait sur la mer ses clartés roses ; des volées de mouettes s'enfuyaient effarouchées en poussant des cris aigus ; les chevaux piaffaient ; les boucliers résonnaient d'un cliquetis joyeux. Comme un chant de victoire, retentissait alors le cri des fils de Hellas, la reine des flots : Thalassa ! Thalassa !

Heinrich Heine, « La Mer du Nord », *Poèmes et Chants*, 1855.

Salut, ô grande mer ! Comme un éternel avril
Ton rire toujours m'invite à chanter
Il me revigore dans la chair
La vague bouillante du sang juvénile.

Salut, mer adorée ! Consternation du lâche,
Exultation du brave, à la vie blessée,
Immense mystère, infinie jeunesse,
Formidable et douce Beauté !

Je t'aime quand l'immense colère dans les
[querelles
Brise, les éclairs à la lueur funèbre,
J'aime tes énormes vagues et tes rugissements ;

Mais bien plus que tes rugissements
Ton murmure lent et solennel qui endort le cœur,
Ô cimetière bleu immense.

Edmondo De Amicis, « À la mer », 1882.

J'aime la grève solitaire
Où vient se briser l'Océan
Quand il écume de colère,
Fouetté par l'ouragan.
Parlez, grondez voix de l'abîme,
Jetez au ciel un cri sublime.
Plainte et fureur, ô flots, ne sont que vain fracas :
Vous êtes déchirés, mais vous ne souffrez pas.

Louis Janmot, « L'Infini », *Le Poème de l'âme*, 1881.

Souvent, je me suis demandé quelle chose était le plus facile à reconnaître : la profondeur de l'océan ou la profondeur du cœur humain… Oui, quel est le plus profond, le plus impénétrable des deux : l'océan ou le cœur humain…

Lautréamont, *Les Chants de Maldoror*, 1869.

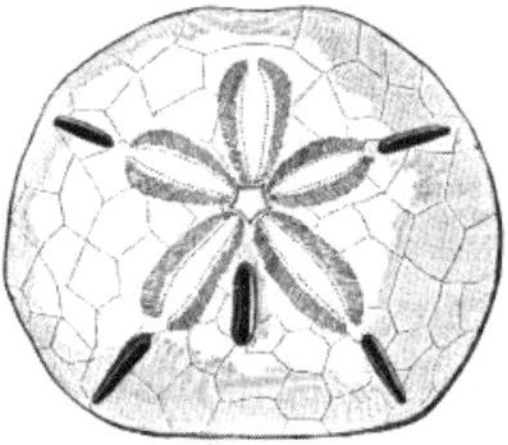

Bouche à bouche le souffle et nos yeux dans nos
[yeux
Allongés l'un vers l'autre à travers nos miroirs
La mer berce nos mots au fond de leur silence

*

Ton corps me fut longtemps calme géographie
Bordée par les iris de l'eau douce des mers
Et promise aux vents durs des vierges Caravelles
Franchissant à plein foc le haut cap des étoiles
Au large des écueils millénaires

André Verdet, *Le Fruit et le Noyau*, © Seghers, 1955.

L'ombre doucement
abandonne ses mystères
que les flots recueillent
de leurs ongles d'écume
entre le sable sauvage
et la grimace des rochers…
L'invisible évanouit
les frontières des hommes
et le soleil accouple
l'infini du ciel
à la respiration
singulière des marées…

Qui sont ces louvoyeurs qui s'éloignent du Port ?
Hommagers à la Vie, et félons à la Mort,
Dont l'étoile est leur Bien, le Vent leur fantaisie ?

Je vogue en même mer, et craindrais de périr
Si ce n'est que je sais que cette même vie
N'est rien que le fanal qui me guide au mourir.

Jean de Sponde (1557-1595), « Essai de quelques poèmes chrétiens », *Poésies complètes.*

Que c'est une chose agréable
D'être sur le bord de la mer,
Quand elle vient à se calmer
Après quelque orage effroyable !
Et que les chevelus Tritons,
Hauts, sur les vagues secouées,
Frappent les airs d'étranges tons
Avec leurs trompes enrouées,
Dont l'éclat rend respectueux
Les vents les plus impétueux.

Marc-Antoine Girard de Saint-Amant, « La solitude », 1617.

La mer
La mer n'en finit pas
Avec la retombée ou
La remontée de sa vague
Son flux et son reflux

Comme si elle hésitait
À retarder
À avancer
L'usure du temps
L'érosion de l'espace

André Verdet, *Le Ciel et son fantôme*, Galilée, 1975.

Emporte-le contre ta peau
Belle Aréthuse, ainsi ton onde fortunée
Roule au sein furieux d'Amphitrite étonnée
Un cristal toujours pur et des flots toujours clairs
Que jamais ne corrompt l'amertume des mers.

Voltaire, *La Henriade*, 1723.

Fatigué de ce monde élégant et frivole,
Je vais parfois tout seul devant la mer, le soir ;
Ma rêverie alors comme un oiseau s'envole
Et par-dessus les flots plane dans le ciel noir.

Georges Rodenbach, « Fantaisie céleste »,
La Mer élégante, 1881.

Dans le ciel de tes yeux
S'envolent les oiseaux de mon cœur
Et comme l'éveil d'une plage bleue
Ton corps jouant avec les couleurs
Caresse subtilement à contre-jour
Mes heures d'océan baignées d'amour.

Claude Artès, *Les Phares du vent*, © Chemins de Plume, 2020.

Douce respiration de mer, vivifiant, par souffle d'écume, le peuple des galets que tempête exila. Entre plaine sablonneuse et citadelles du roc, veillaient leurs sentinelles. Une horde d'étoiles diurnes – pouvoir absolu sur la baie – attaque, en plein midi, ce peuple. Sous la puissance des rayons, les galets, fondus pierres précieuses, perdent, et pour longtemps, l'amitié du sable ou du sel.
Campé à flanc de colline, le village fortifié dit le lieu de la terre et son lien ténu avec l'eau. La brume est descendue ; il faut apaiser les vagues d'où naîtront barques blanches éployant leurs filets. Passage des mouettes retenant leur vol, pour suivre l'instinct qui les pousse aux étages des crêtes. La chute adoucie du soleil fait surgir un décor lavande, en ultime barrage à l'engloutissement.

Jean Orizet, « Combat de mer », *Poèmes choisis*, le cherche midi, 1990.

Elle est retrouvée.
Quoi ? – L'Éternité.
C'est la mer allée
Avec le soleil.
Âme sentinelle,
Murmurons l'aveu
De la nuit si nulle
Et du jour en feu.

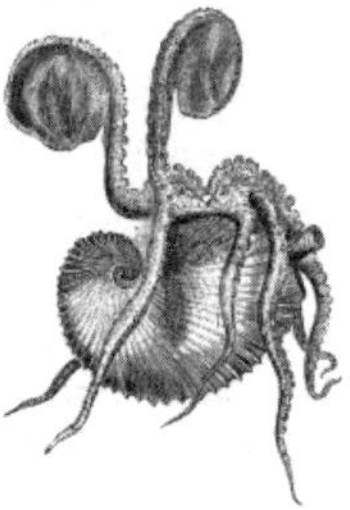

Des humains suffrages,
Des communs élans
Là tu te dégages
Et voles selon.
Puisque de vous seules,
Braises de satin,

Le Devoir s'exhale
Sans qu'on dise : enfin.
Là pas d'espérance,
Nul orietur.
Science avec patience,
Le supplice est sûr.

Elle est retrouvée.
Quoi ? – L'Éternité.
C'est la mer allée
Avec le soleil.

Arthur Rimbaud, « L'éternité », *Derniers Vers*, 1872.

Guidé par ton odeur vers de charmants climats,
Je vois un port rempli de voiles et de mâts
Encor tout fatigués par la vague marine,

Pendant que le parfum des verts tamariniers,
Qui circule dans l'air et m'enfle la narine,
Se mêle dans mon âme au chant des mariniers.

Charles Baudelaire, « Parfum exotique », *Les Fleurs du mal*, 1857.

La jeune fille, assise dans son château, regardait les chevaux du Soleil courir à l'horizon ; la mer, silencieuse et calme, ressemblait à un pur miroir, nul souffle ne ridait sa surface de cristal ; des troupes de dauphins jouent dans l'élément limpide, et l'escorte de Téthys s'élève en longue ligne noire du sein de la mer.

Friedrich von Schiller, « Héro et Léandre », 1801.

La baigneuse est au seuil de sa cabine ouverte
À regarder au loin la mer tranquille et verte.
Son costume de bain très court et très collant
Bordé d'un galon rouge et d'un simple volant
Marque bien les contours de son corps de statue;
Et la voyant ainsi coquettement vêtue
On dirait un croquis dessiné par Grévin.

Georges Rodenbach, «Au bain», *La Mer élégante*, 1881.

Vois que de fleurs la terre à plein giron épanche,
Et ce tremble argenté qui sur l'antre se penche.
Viens, ta place est ici. Laisse les flots amers
De leur choc insensé battre le bord des mers.

Virgile, *Les Bucoliques*, 37 av. J.-C.

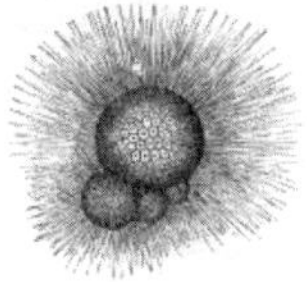

2012. Je loge au sémaphore du Créac'h, dans l'île d'Ouessant. Me promène la nuit. Au port du Stiff, un pêcheur à la ligne m'offre une seiche. Dans la cuisine du sémaphore, je la mange. J'ai réservé son encre. Je taille une plume de goéland…

[…]
plume
d'oiseau
de mer
encre de
seiche
je vis à
Ouessant
avec trois
sirènes
l'une chante
parfois
quand il fait
pluie
ou brume
les autres
sont des
souvenirs
[…]

Dans ma jeunesse
j'ai aimé
les bouées à sifflet
et les bouées à cloche
elles nous
chantaient la houle
elles nous chantaient
la roche
et nous passions
avec le vent
[…]

il porte sa plume
au milieu
de son corps
l'encornet
et même au centre
c'est sa colonne
et puis son encrier
une poche nacrée
pas loin de
pas loin de
son gosier

Je suis debout au bord de la plage.
Un voilier passe dans la brise du matin,
et part vers l'océan.
Il est la beauté, il est la vie.
Je le regarde jusqu'à ce qu'il disparaisse à
l'horizon.
[…]
Et juste au moment où quelqu'un près de moi
dit : « Il est parti ! »
Il en est d'autres, qui le voyant poindre à
l'horizon
et venir vers eux s'exclament avec joie :
« Le voilà ! »

« Le Voilier », attribué à William Blake (1757-1827).

Mais bien qu'on soit ainsi Parisienne dans l'âme,
Malgré tout, la mer parle avec sa forte voix.
Comme on a lu Musset, en rêvant, quelquefois,
– Qui sait ? – on se souvient un peu que l'on est
[femme,
Et l'éventail léger qui tremble au bout des doigts
Laisse au hasard passer plus d'un regard de
[flamme.

Paul Bourget, « Au bord de la mer », *Poésies*, 1887.

La mer aime le ciel : c'est pour mieux lui redire,
À l'écart, en secret, son immense tourment,
Que la fauve amoureuse, au large se retire,
Dans son lit de corail, d'ambre et de diamant.

Et la brise n'apporte à la terre jalouse,
Qu'un souffle chuchoteur, vague, délicieux :
L'âme des océans frémit comme une épouse
Sous le chaste baiser des impassibles cieux.

Nérée Beauchemin, « La Mer »,
Les Floraisons matutinales, 1897.

Comme des objets frêles,
Les vaisseaux blancs semblent posés
Sur la mer éternelle.

Le vent futile et pur n'est que baisers ;
Et les écumes,
Qui doucement échouent
Contre les proues,
Ne sont que plumes ;
Il fait dimanche sur la mer !
Telles des dames
Passent, au ciel ou vers les plages,
Voilures et nuages :
Il fait dimanche sur la mer ;
Et l'on voit luire, au loin, des rames,
Barres de prismes sur la mer.

Émile Verhaeren, « Vers la mer », *Les Visages de la vie*, 1899.

Tout à coup le fils éleva la voix et interrogea le père :
— Que penses-tu de cet exil ?
— Qu'il sera long.
— Comment comptes-tu le remplir ?
Le père répondit :
— Je regarderai l'Océan.
Il y eut un silence. Le père reprit :
— Et toi ?
— Moi, dit le fils, je traduirai Shakespeare.

Victor Hugo, *William Shakespeare*, 1864.

Ô mer, de tes lèvres hautaines et de ta voix
rauque,
tu t'adresses à moi!
Jour et nuit et parcours ta plage battue par les
vagues,
Représentant à mon esprit tes suggestions
étranges, variées,
(Car je te vois et t'entends clairement ici bavarder
et confabuler),
[...]
Et c'est l'histoire de la passion cosmique
élémentaire,
Que tu racontes à une âme parente.

Walt Whitman, « Ô, mer, de tes lèvres hautaines », *Feuilles d'herbe*, 1855.

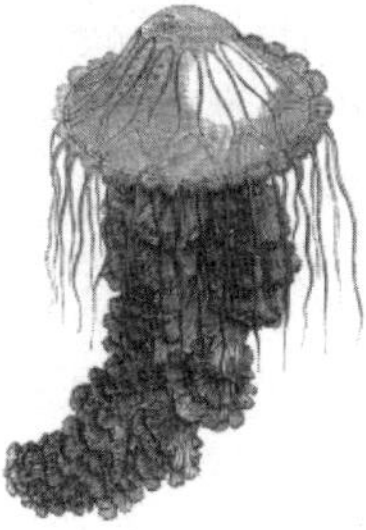

[…]
Un soir (à peine, ô doux rivage,
Deux printemps sont depuis passés)
Tu me recueillis du naufrage,
Errant sans voile, et sous l'orage
Ramant avec des bras lassés.
[…]
Mais l'Espérance aux vœux timides
Me tendit la main près du bord ;
Je baisais les sables humides,
J'embrassais les rochers arides,
Heureux de vivre et d'être au port

Charles-Augustin Sainte-Beuve (1804-1869), « Adieux à la poésie », *Vie, Poésies et Pensées de Joseph Delorme*, 1863.

Deux vieux marins des mers du Nord
S'en revenaient, un soir d'automne,
De la Sicile et de ses îles souveraines,
Avec un peuple de Sirènes,
À bord.

*

Joyeux d'orgueil, ils regagnaient leur fjord,
Parmi les brumes mensongères,
Joyeux d'orgueil, ils regagnaient le Nord
Sous un vent morne et monotone,
Un soir de tristesse et d'automne.
De la rive, les gens du port
Les regardaient, sans faire un signe :
Aux cordages le long des mâts,
Les Sirènes, couvertes d'or,
Tordaient, comme des vignes,
Les lignes
Sinueuses de leurs corps.
Et les gens se taisaient, ne sachant pas
Ce qui venait de l'océan, là-bas,
À travers brumes ;
Le navire voguait comme un panier d'argent

Rempli de chair, de fruits et d'or bougeant
Qui s'avançait, porté sur des ailes d'écume.

*

Ils ne reconnurent ni leurs amis
– Les deux marins – ni le navire de leur pays,
Ni les focs, ni les voiles
Dont ils avaient cousu la toile ;
Ils ne comprirent rien à ce grand songe
Qui enchantait la mer de ses voyages,
Puisqu'il n'était pas le même mensonge
Qu'on enseignait dans leur village ;
Et le navire auprès du bord
Passa, les alléchant vers sa merveille,
Sans que personne, entre les treilles,
Ne recueillît les fruits de chair et l'or.

Émile Verhaeren, « Au Nord », *Les Vignes de ma muraille*, 1899.

La Plainte du capitaine

I

Qu'elle était belle, ma Frégate,
Lorsqu'elle voguait dans le vent !
Elle avait, au soleil levant,
Toutes les couleurs de l'agate ;
Ses voiles luisaient le matin
Comme des ballons de satin ;
Sa quille mince, longue et plate,
Portait deux bandes d'écarlate
Sur vingt-quatre canons cachés ;
Ses mâts, en arrière penchés,
Paraissaient à demi couchés.
Dix fois plus vive qu'un pirate,
En cent jours du Havre à Surate
Elle nous emporta souvent.
— Qu'elle était belle, ma Frégate,
Lorsqu'elle voguait dans le vent !

II

Brest vante son beau port et cette rade insigne
Où peuvent manœuvrer trois cents vaisseaux de
[ligne ;
Boulogne, sa cité haute et double, et Calais,
Sa citadelle assise en mer comme un palais ;
Dieppe a son vieux château soutenu par la dune,
Ses baigneuses cherchant la vague au clair de
[lune,
Et ses deux monts en vain par la mer insultés ;
Cherbourg a ses fanaux de bien loin consultés,
Et gronde en menaçant Guernesey la sentinelle
Debout près de Jersey, presque en France ainsi
[qu'elle.
Lorient, dans sa rade au mouillage inégal,
Reçoit la poudre d'or des noirs du Sénégal ;
Saint-Malo dans son port tranquillement regarde
Mille rochers debout qui lui servent de garde ;
Le Havre a pour parure ensemble et pour appui
Notre-Dame-de-Grâce et Honfleur devant lui ;
Bordeaux, de ses longs quais parés de maisons
[neuves,

Porte jusqu'à la mer ses vins sur deux grands
[fleuves ;
Toute ville à Marseille aurait droit d'envier
Sa ceinture de fruits, d'orange et d'olivier ;
D'or et de fer Bayonne en tout temps fut
[prodigue ;
Du grand Cardinal-Duc La Rochelle a la digue ;
Tous nos ports ont leur gloire ou leur luxe à
[nommer :
Mais Toulon a lancé *La Sérieuse* en mer.

Alfred de Vigny, « La Plainte du capitaine », *Poèmes antiques et modernes*, 1826.

7

Protéger les océans

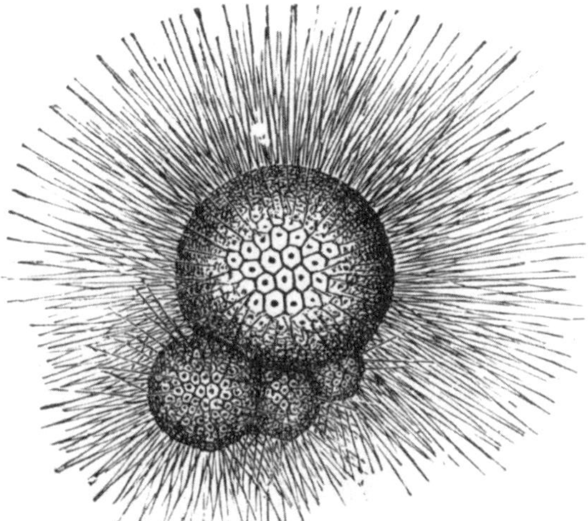

Réfléchissez au mouvement des vagues,
au flux et reflux, au va-et-vient des marées.
Qu'est-ce que l'océan ? Une énorme force perdue.
Comme la terre est bête ! Ne pas employer l'océan !

Victor Hugo, *Quatrevingt-treize*, 1874.

Quel que soit notre lieu d'habitation, nous avons un impact sur nos océans, et l'océan a un impact sur nos vies quotidiennes. Aussi surprenant que cela puisse paraître, nous dépendons tous de ce qu'il nous apporte gracieusement. Oxygène, nourriture, eau, médicaments, énergies, biocarburants, métaux rares… Ces ressources sont immenses et indispensables à notre survie. […] En mer, j'ai appris à baisser la tête et à observer. Regarder avec les yeux ouverts.

Maud Fontenoy, *La mer au secours de la terre*, © Belin, 2021.

La mer est le vaste réservoir de la nature. C'est par la mer que le globe a pour ainsi dire commencé, et qui sait s'il ne finira pas par elle ! Là est la suprême tranquillité.

Jules Verne, *Vingt Mille Lieues sous les mers*, 1871.

La Mer et les Océans sont à la base de l'Humanité, qui les pollue à son image !

Brigitte Bardot

J'ai commencé la culture de l'océanographie, de la science nouvelle qui pénètre le secret des abîmes. Et cette œuvre a rempli les plus belles années de ma vie en absorbant le meilleur de moi-même.

Albert Ier de Monaco, *La Carrière d'un navigateur*, 1913.

Septembre 1892

La mer a le charme des choses qui ne se taisent pas la nuit, qui sont pour notre vie inquiète une permission de dormir, une promesse que tout ne va pas s'anéantir, comme la veilleuse des petits enfants qui se sentent moins seuls quand elle brille. Elle n'est pas séparée du ciel comme la terre, est toujours en harmonie avec ses couleurs, s'émeut de ses nuances les plus délicates.

Marcel Proust, *Les Plaisirs et les Jours*, 1896.

Une fois que la planète sera trop chaude, un seuil critique sera franchi ; le premier domino tombera, et les autres suivront en une spirale allant toujours plus loin dans les extrêmes. C'est l'emballement climatique, une cascade de conséquences qui amplifient leurs propres effets.
[…]
Le moment est venu de changer. La nature n'est pas uniquement le réservoir de notre planète, c'est aussi l'avenir de notre planète. Les deux sont

liés, inéluctablement. Comprendre cette simple vérité change tout.

Jean-Michel Cousteau/Jaclyn M. Mandoke, *Sauvons nos océans !*, © L'Archipel, 2021.

Je suis né et re-né de la mer. Âgé d'à peine quelques mois, je me trouve déjà nu, assis sur le sable chaud d'une plage sauvage. Non loin, les vagues écumantes grondent, menaçantes et rassurantes à la fois. [...]

La mer tout entière me parle, et jamais ce dialogue ne s'éteindra. Toute ma vie a été guidée par la mer.

Hugo Verlomme, *Demain l'océan*, © Albin Michel, 2018.

— Oui ! je l'aime ! La mer est tout ! Elle couvre les sept dixièmes du globe terrestre. Son souffle est pur et sain. C'est l'immense désert où l'homme n'est jamais seul, car il sent frémir la vie à ses côtés. La mer n'est que le véhicule d'une surnaturelle et prodigieuse existence ; elle n'est que mouvement et amour ; c'est l'infini vivant, comme l'a dit un de vos poètes. Et en effet, monsieur le professeur, la nature s'y manifeste par ses trois règnes, minéral, végétal, animal. [...] La mer n'appartient pas aux despotes. À sa surface, ils peuvent encore exercer des droits iniques, s'y battre, s'y dévorer, y transporter toutes les horreurs terrestres. Mais à trente pieds au-dessous de son niveau, leur pouvoir cesse, leur influence s'éteint, leur puissance disparaît ! Ah ! Monsieur, vivez, vivez au sein des mers ! Là seulement est l'indépendance ! Là je ne reconnais pas de maîtres ! Là je suis libre !

Jules Verne, *Vingt Mille Lieues sous les mers*, 1871.

Il est temps d'apprendre à mieux connaître l'Océan. À découvrir les ressources infinies qu'il a à nous offrir et renouer les liens vitaux qui nous unissent depuis toujours au royaume des mers.

Dans l'Océan se trouvent une multitude de solutions indispensables à notre avenir : oxygène, eau, nourriture, trousse à pharmacie de demain, régulation du climat, énergies… Plus que jamais, la Mer vient au secours de la Terre !
Sur tous les océans de la planète je vais au secours de la planète, à la rencontre des marins, des scientifiques, des ingénieurs, des chercheurs qui y explorent leurs infinies richesses. Ensemble, nous y puiserons les solutions qui nous permettrons d'assurer notre avenir.

Maud Fontenoy, *Bleu, un océan de solutions*, © Belin/ Humensis, 2020.

Le soir, sur la route qui longe la mer, un air tiède venait au visage ; les senteurs des arbres verts se répandaient de toutes parts comme un parfum d'été, l'eau transparente était semblable à une émeraude liquide.

Hippolyte Taine, *Voyage en Italie*, 1874.

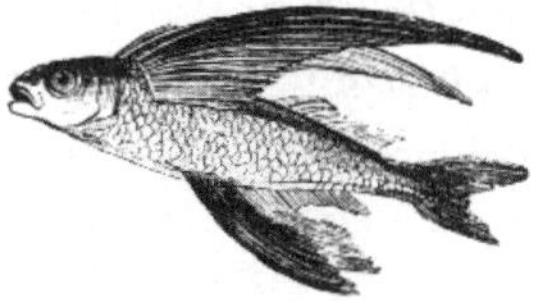

Quels sont ces bruits sourds ?
Écoutez vers l'onde
Cette voix profonde
Qui pleure toujours
Et qui toujours gronde,
Quoiqu'un son plus clair
Parfois l'interrompe… –
Le vent de la mer
Souffle dans sa trompe.

Victor Hugo, « Une nuit qu'on entendait la mer sans la voir »,
Les Voix intérieures, 1837.

Un jour, je partis marcher sur une plage de l'île de Knight en compagnie d'un fonctionnaire de l'Alaska qui me dit que la compagnie Exxon et les experts dépêchés pour la marée noire avaient déclaré l'endroit « propre ». Il se pencha et ramassa un caillou. Ses doigts furent immédiatement tachés de noir, et je vis l'homme retenir ses larmes.

Jean-Michel Cousteau/Jaclyn M. Mandoke, *Sauvons nos océans !*, © L'Archipel, 2021.

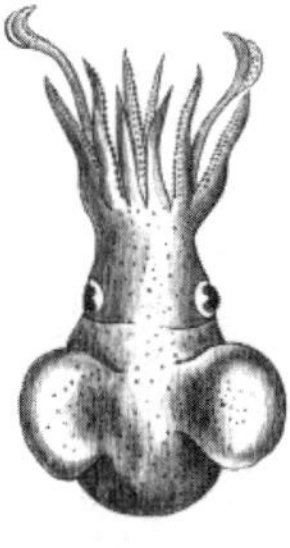

La mer, qui commença la vie sur ce globe, en serait encore la bienfaisante nourrice, si l'homme savait seulement respecter l'ordre qui y règne et s'abstenait de le troubler.

Il ne doit pas oublier qu'elle a sa vie propre et sacrée, ses fonctions toutes indépendantes, pour le salut de la planète. Elle contribue puissamment à en créer l'harmonie, à en assurer la conservation, la salubrité. Tout cela se faisait, pendant des millions de siècles peut-être, avant la naissance de l'homme. On se passait à merveille de lui et de sa sagesse. Ses aînés, enfants de la mer, accomplissaient entre eux parfaitement la circulation de substance, les échanges, les successions de vie, qui sont le mouvement rapide de purification constante. Que peut-il à ce mouvement, continué si loin de lui, dans ce monde obscur et profond ? Peu en bien, davantage en mal. La destruction de telle espèce peut être une atteinte fâcheuse à l'ordre, à l'harmonie du tout. Qu'il prélève une moisson raisonnable sur celles qui pullulent surabondamment, à la bonne heure ; qu'il vive sur des individus, mais qu'il conserve les espèces ; dans chacune il doit respecter le rôle, que toutes elles jouent, de fonctionnaires de la nature.

Jules Michelet, *La Mer*, 1861.

La mer est un élément capital pour la connaissance des peuples. La mer modèle les mœurs comme elle fait les rivages. Tous les peuples marins ont du caprice, sinon de la folie, dans l'âme.

André Suarès, *Trois Hommes*, © Gallimard, 1913.

De la Terre où nous vivons, où nous habitons, où nous rêvons, d'un sémaphore, du haut d'une falaise, le long d'une plage, la mer, par son horizon infini, toujours reculé, l'ampleur de ses respirations, la violence ou la sérénité de sa houle, n'est pas un décor quelconque, mais la présence, complémentaire à la Terre de l'illimité. Oui, c'est la mer, le lieu premier de la richesse.

Friedrich Hölderlin (1770-1843).

La mer demeure le spectacle entre tous, et paradoxalement, la meilleure initiation à l'invisible.

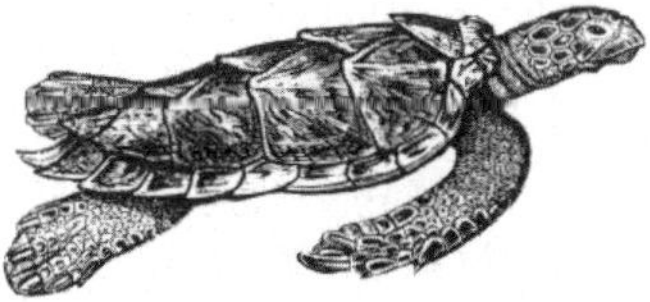

Je n'ai pas choisi la mer et elle ne m'a pas choisi. J'*ai* la mer comme certains amis *ont* la foi : par foudre innocente, étrangère à la raison et au calcul.

Hervé Hamon, *Besoin de mer*, © Seuil, 1997.

Pour moi la mer est un perpétuel miracle,
Les poissons qui nagent – les rochers –
le mouvement des vagues –
les vaisseaux qui portent des hommes,
Où donc y a-t-il des miracles plus étranges ?

Walt Whitman, « Miracles », 1856.

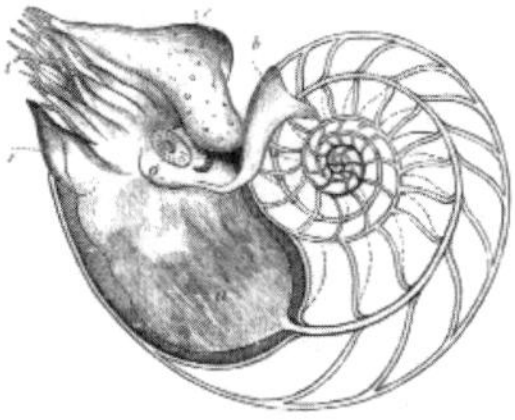

C'est ainsi que, soit en surchargeant ses réservoirs soit en descendant obliquement au moyen de ses plans inclinés, le *Nautilus* atteignit successivement des profondeurs de trois, quatre, cinq, sept, neuf et dix mille mètres, et le résultat définitif de ces expériences fut que la mer présentait une température permanente de quatre degrés et demi, à une profondeur de mille mètres, sous toutes les latitudes. […]

La Méditerranée, la mer bleue par excellence, la « grande mer » des Hébreux, la « mer » des Grecs, le *mare nostrum* des Romains, bordée d'orangers, d'aloès, de cactus, de pins maritimes, embaumée du parfum des myrtes, encadrée de rudes montagnes, saturée d'un air pur et transparent, mais incessamment travaillée par les feux de la terre, est un véritable champ de bataille où Neptune et Pluton se disputent encore l'empire du monde. C'est là, sur ses rivages et sur ses eaux, dit Michelet, que l'homme se retrempe dans l'un des plus puissants climats du globe.

Jules Verne, *Vingt Mille Lieues sous les mers*, 1871.

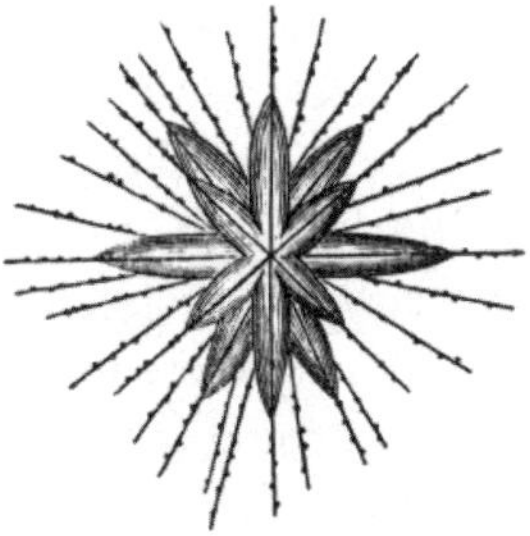

L'eau salée pénètre dans mon âme pour toujours…
La mer tout entière me parle, et jamais ce dialogue ne s'éteindra.
Toute ma vie a été guidée par la mer.
Quoi que je fasse, c'est toujours elle qui est là et revient, obsessionnelle, initiatique, Me bouscule, m'influence, m'ensorcèle, m'attire…
Rien ne me meut plus, ne me motive plus que cette immensité vivante.
Je vais vers elle comme d'autres vont vers Dieu.
Formule magique qui m'aide à ne jamais perdre le nord.

Hugo Verlomme, *Demain l'océan*, © Albin Michel, 2018.

La mer! La mer!
Elle est le rêve et le frisson
Dont j'ai senti vivre mon front.
Elle est l'orgueil qui fit ma tête
Ferme et haute, dans la tempête.
Ma peau, mes mains et mes cheveux
Sentent la mer
Et sa couleur est dans mes yeux;
Et c'est le flux et le jusant
Qui sont le rythme de mon sang.

Émile Verhaeren, « Au bord du quai », *Les Villes tentaculaires*, 1895.

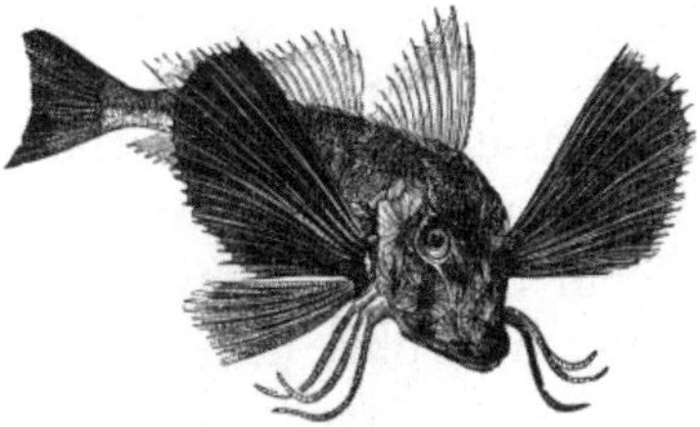

Où étais-je ? Où étais-je ? Je voulais le savoir à tout prix, je voulais parler, je voulais arracher la sphère de cuivre qui emprisonnait ma tête.
Mais le capitaine Nemo vint à moi et m'arrêta d'un geste. Puis, ramassant un morceau de pierre crayeuse, il s'avança vers un roc de basalte noir et traça ce seul mot : ATLANTIDE.
[…] Le capitaine m'apprit qu'autrefois de nombreuses tribus de phoques habitaient ces terres ; mais les baleiniers anglais et américains dans leur rage de destruction, massacrant les adultes et les femelles pleines, là où existait l'animation de la vie, avaient laissé après eux le silence de la mort.

Jules Verne, *Vingt Mille Lieues sous les mers*, 1871.

8

Correspondances

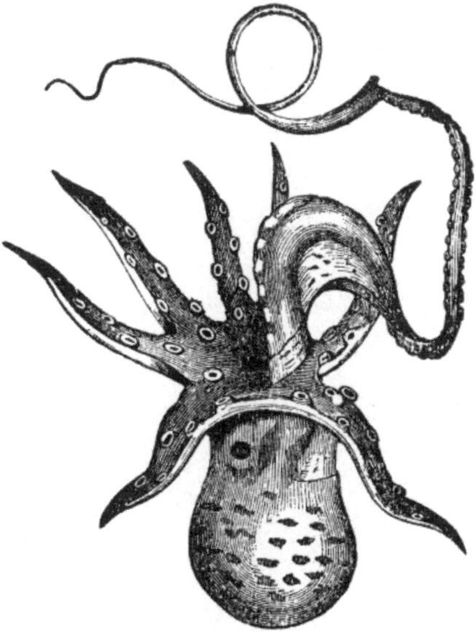

À Alphonse Esquiros

[…] tenons-nous prêts aux révolutions futures des faits et des choses ; soyons dès à présent l'homme-peuple et préparons-nous à être un jour l'homme-humanité.
Je vous écris tout cela au courant de mon esprit, à l'aventure, comme cela me vient, un peu comme la mer jette ses flots, ses algues et ses souffles. Venez donc la voir, notre mer de Jersey, si vous allez ce printemps en Portugal.

Victor Hugo, Marine-Terrace, 5 mars 1853.

Printemps 1831

Mon cher Sichel,

J'ai un appartement délicieux dont les fenêtres donnent sur la mer. Je suis tout accoutumé au continuel râlement des vagues ; le matin, quand j'ouvre ma fenêtre, c'est superbe de voir les crêtes accourir comme la crinière ondoyante d'une troupe de chevaux blancs. Je m'endors au bruit de l'artillerie des ondes, battant en brèche le rocher sur lequel est bâtie ma maison. [...]
J'attends vos lettres au plus tôt. Je demeure : H. B., chez madame veuve Pical, maison Cherici, consul de Naples, aux Ponchettes, Nice-Maritime.

Hector Berlioz.

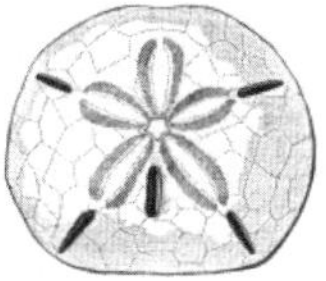

À Madame de Girardin

Voici le printemps qui arrive… On me dit que dans un mois Jersey sera un bouquet. Je vous l'offre. Oui, venez. Vous l'avez promis. Vous verrez ma petite cabane sur laquelle viennent s'écumer, sans lui faire peur ni trouble, la mer et la haine. Ce sera charmant de vous voir ; nous mettrons en commun chacun ce que nous avons, vous vos triomphes et votre splendeur, moi ma solitude et mes rêves. Vous échangerez votre Paris contre mon océan. Et puis vous me permettrez de vous aimer sous les deux espèces, comme une charmante femme et comme un grand esprit.
À vos pieds.
Avez-vous vu Mme Dillon ? Vous a-t-elle remis un mot de moi ?

Victor Hugo, Marine-Terrace, 1853.

Mon cher Ernest,

[…] Depuis un mois que je suis à Trouville, je ne fais absolument rien que manger, boire, et dormir et fumer.
Il est maintenant marée pleine, la mer est à 15 pas de moi au bas de l'escalier de Notre-Dame. Je suis assis sur une chaise à t'écrire sur mes genoux. Il est midi, le soleil brille en plein, je sors de table et je me suis considérablement bourré ; les yeux me piquent, je rote et je digère en contemplant le bel océan vert et la grandeur des œuvres de Dieu, qui a tout fait pour le mieux dans le meilleur des mondes possibles […] La brise fait bien après déjeuner ; […]

Gustave Flaubert, Lettre à Ernest Chevalier, 21 septembre 1841.

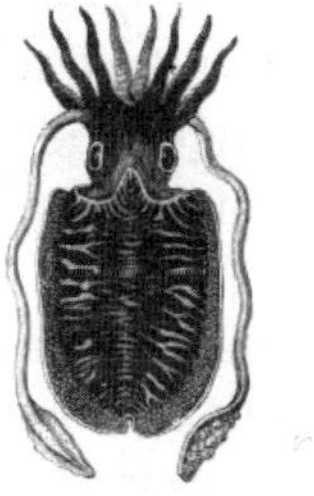

À Paul Meurice

Nous avons reparlé de vous à ces beaux vieux rochers. La mer a effacé vos traces de ce sable, mais non de notre souvenir. Elle a pourtant bien fait rage depuis ce temps-là. Et l'autre jour, n'a-t-elle pas failli m'entraîner comme je me baignais à la marée descendante. C'eût été bête. J'ai encore tant de choses à faire. J'ai nagé comme un homme qui n'est pas bonapartiste et je me suis tiré de là.

Victor Hugo, Marine-Terrace, 4 octobre 1853.

À son père : « Voici mon affaire. Le 3 août, je vais aux bains de mer, à Barfleur, passer une vingtaine de jours, voyage complet payé, et je fais un petit travail pour ce monsieur. »

À sa sœur : « Le 3 août, je pars pour Barfleur, aux bains de mer. Oui, rien que ça : aux bains de mer ! Et encore, je me fais payer mon voyage, entier ! » […] « Barfleur étant une plage assez coquette, crois-tu qu'une ou deux petites cravates molles, petites lavallières aux fines teintes, et une paire de gants ? … Est-ce que j'abuse ? »

À son père : « Je suis comme tu le penses au bord de la mer où je travaille un peu et m'amuse beaucoup. »

À sa sœur : « Je suis au bord de la mer, où tout est nouveau pour moi et où, vraiment, je chercherais en vain un motif d'ennui. Je rentrerai le 28 ou le 29. La plage est presque déserte. Tout se passe à peu près en famille, et c'est une chose reposante que cet abandon et ce laisser-aller. »

À son frère : « Mon cher Maurice, je t'écris d'une fenêtre d'où je domine la mer. Je ne perds pas un instant, et, vraiment, c'est un bon voyage que j'ai fait là. Je mange comme quatre et, quand j'ai trop mangé, je vais faire un petit tour en pleine mer, et je vomis consciencieusement, sans trop de souffrance, d'ailleurs. »
26 avril 1909

Jules Renard, *Journal*, 1887-1910.

Le 21 juillet 1830

J'ai fait le plus poétique voyage qui soit possible en France : aller d'ici au fond de la Bretagne, à la mer, par eau, pas cher, trois ou quatre sous par lieue. Oh ! mener une vie de Mohican, courir sur les rochers, nager en mer, respirer en plein l'air, le soleil ! Oh ! que j'ai conçu le sauvage !

Honoré de Balzac, Lettre à Victor Ratier.

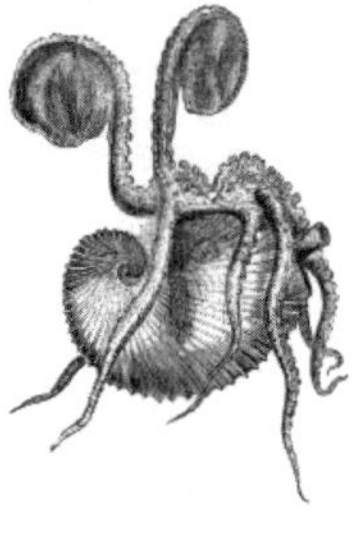

Nous venons d'arriver à Malte, chère bonne mère. Le bateau est à l'ancre dans le port, nous repartons demain à 1 heure après avoir pris du charbon. Je profite de l'état de stabilité du bâtiment pour t'envoyer cette lettre promise.

Sais-tu une chose, pauvre vieille, une chose superbe ? C'est que je n'ai pas eu le mal de mer. Non, pas du tout (sauf en partant de Marseille, la première demi-heure où j'ai vomi un verre de rhum que j'avais pris pour me donner du cœur). Du reste, tout le temps de la traversée, c'est-à-dire depuis dimanche matin jusqu'à ce soir, j'ai été un des plus gaillards, si ce n'est le plus gaillard des passagers. […] Tu vois, pauvre vieille, que le début est bon. Et ne va pas croire que la mer ait été très calme ; au contraire, le temps a été un peu dur, le vent d'est nous a retardés de 12 heures.

Gustave Flaubert, Lettre à sa mère, 7-8 novembre 1849.

À Charras

[…] Charras, dans cette sévère solitude où je suis ! Je me rappelle toutes nos douces heures de Bruxelles, douces même dans l'exil, à cause de l'amitié, nos soirées, nos rêves en commun, nos causeries. C'était encore de la France ! – Hélas ! – je n'en ai plus. Je vis dans un champ, séparé de la ville par les pluies et les brouillards, face à face avec la mer qui est grande et avec Dieu qui sourit. — Cela suffit du reste. Ce sourire de Dieu, c'est la conscience satisfaite.

Victor Hugo, Marine-Terrace, 24 janvier 1854.

« […] ces couleurs de Nice ! C'est dommage que je ne puisse les détacher et te les envoyer […]. »

Friedrich Nietzsche, *Lettre à sa sœur*, 1885.

À Mademoiselle Louise Bertin

Ici j'ai le vent, j'ai la mer ; mais tout ce grand murmure ne vaut pas pour mon oreille les doux chuchotements du passé.
Serrez pour moi, je vous prie, la main d'Édouard et la main de Janin. Ma femme et *vos* enfants vous embrassent. Je mets mon dévouement et mon respect à vos pieds.
V. H.

Victor Hugo, Marine-Terrace, 21 mars 1854.

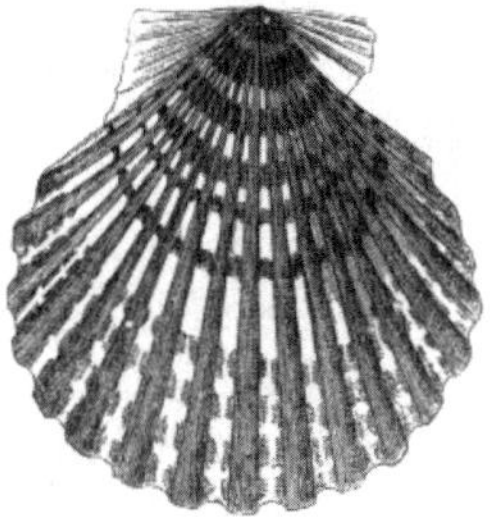

À Gustave Flaubert

Comment vous remercier, monsieur ?
En abusant. Que voulez-vous ? C'est M. Bonap. qui vous vaut toutes ces lettres et toute cette peine. Ajoutez ce grief aux autres.
Voici notre hiver commencé. Un brouillard gris est sur la mer. Je regarde les voiles qui passent à l'horizon et je songe aux choses charmantes que vous m'en dites. Ce sont les oiseaux de l'eau ; je leur souris comme Pétrarque aux colombes ; Pétrarque disait : « Parlez de moi à ma maîtresse. » Je leur dis : « Parlez de moi à ma patrie. »

Victor Hugo, Marine-Terrace, 15 octobre 1853.

À Mme de Girardin

Donc, on a dit que j'étais à Paris, à l'Opéra, en domino, et que probablement je m'étais mis un faux nez pour ressembler à M. Bonaparte. Vous avez eu raison de répondre : « Il serait venu chez moi ». Ajoutez-leur ceci : que je ne me mettrai pas derrière un masque le jour où je me mettrai derrière une barricade. – En attendant, dans la Baltique et dans la mer Noire, l'Anglo-France jette un triste fulmi-coton.

Victor Hugo, Marine-Terrace, 2 mai 1854.

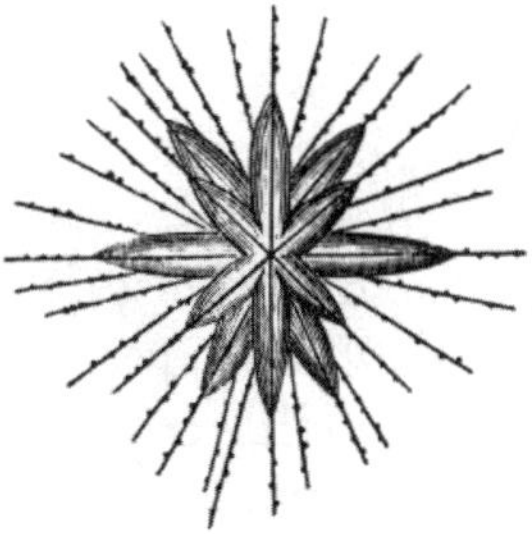

À Jules Janin

La mer fait rage depuis un mois ; ma maison la nuit sonne comme un écueil ; je dors peu dans ce vacarme ; les hurlements de l'abîme font aboyer les chiens (j'ai des chiens. Cela reste). Savez-vous ce que je fais, ne dormant pas ? Je travaille. Je rêve. Je pense à la France, à ceux que j'aime, aux radieux esprits, aux amitiés vraies, aux beaux styles, aux nobles cœurs, aux fermes courages, à vous.

Victor Hugo, Marine-Terrace, 26 décembre 1854.

Table

Cet ouvrage a été composé
par Atlant'Communication
au Bernard (Vendée)

Impression réalisée par

UNIGRAF S. L.
(Estellaprint)
à Madrid (Espagne)

en septembre 2024
pour le compte des Presses du Châtelet

#lisez engagé !
www.lisez.com
Pour plus d'information :
Imprimé sur du papier issu de forêts gérées durablement.

Imprimé en Espagne
N° d'impression :
Rang de tirage : 01
Dépôt légal : novembre 2024